斉藤賢爾　山村浩二＝挿絵
SAITO Kenji　YAMAMURA Koji

不思議の国のNEO

未来を変えたお金の話

NEO in Wonderland
A Tale of Money
that Changed Our Future

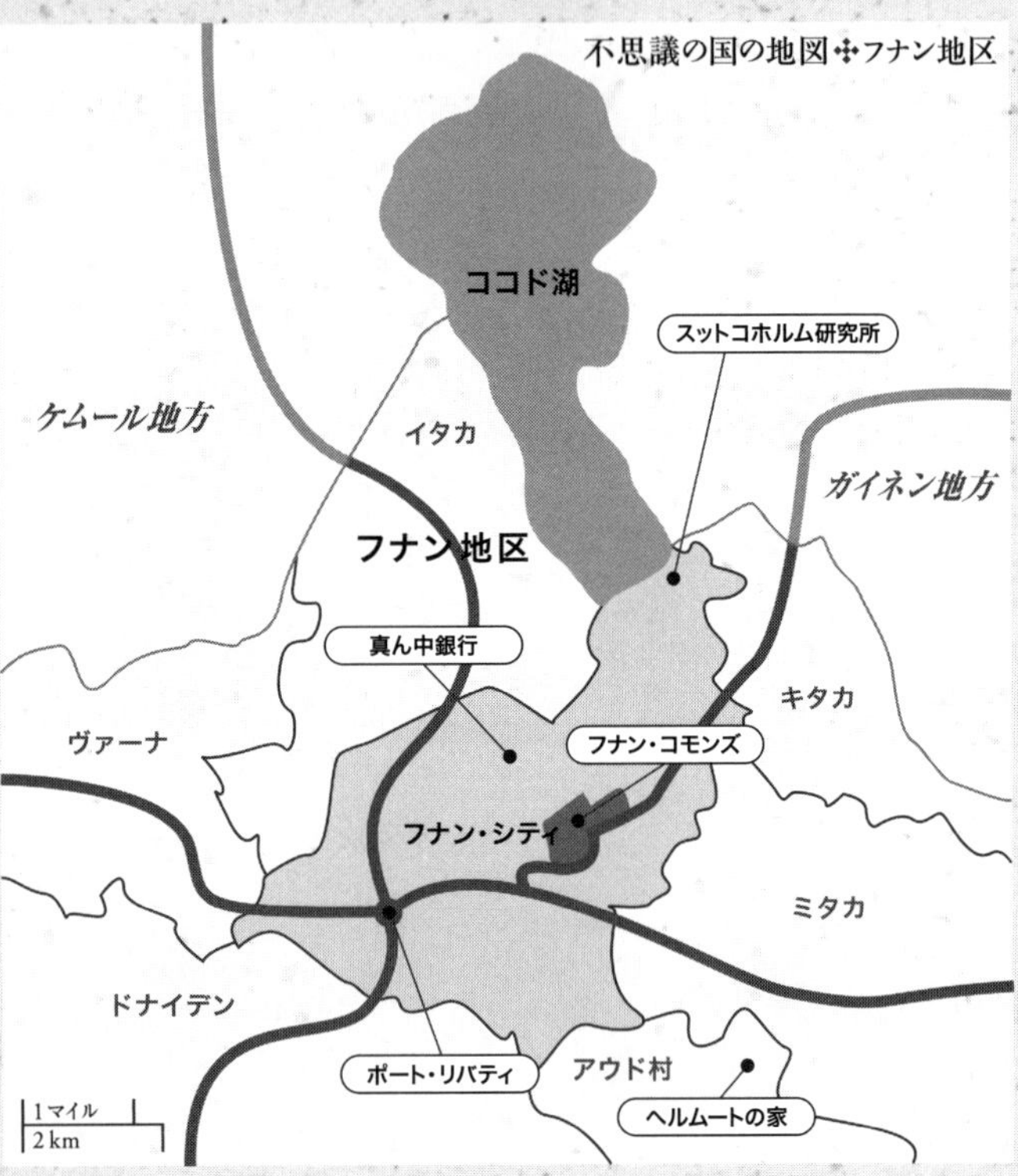
不思議の国の地図✣フナン地区
ココド湖
スットコホルム研究所
ケムール地方
イタカ
ガイネン地方
フナン地区
真ん中銀行
キタカ
ヴァーナ
フナン・コモンズ
フナン・シティ
ミタカ
ドナイデン
アウド村
ポート・リバティ
ヘルムートの家
1マイル
2 km

目次

一年まえの冒険

『インターネットの不思議、探検隊！』より

ちょっとおしゃまな女の子のあっちゃんこ、スーパーロボットのケンチャ、子犬のパピーちゃんの三人組は、あっちゃんこのお母さんといっしょに、公園のまえの小さな家で平和に暮らしていました。

ところが、ふとしたことから三人組は、地球の裏側まで一瞬《いっしゅん》で運ばれて、家にもどるための冒険《ぼうけん》の旅を始めることになってしまったのです。それは、あっちゃんこにとって、未知の世界であるインターネットの仕組みを探検する旅でもありました。

三人組は、家のまえの公園に突然《とつぜん》現れた、黒い深い穴に落ちて、遠い知らない場所にポンッと飛びだしたのです。穴を通りぬけたショックで、ケンチャのGPS《ジーピーエス》装置が壊《こわ》れてしまい、三人組が現れた場所がどこなのかはわかりません。

すかさずケンチャは、インターネットを使ったビデオ電話であっちゃんこのお母さんと連絡をとりますが、あっちゃん

こには、そのことが不思議でなりません。インターネットの不思議にめざめたあっちゃんこは、さっそく、「インターネットの不思議、探検隊」の結成を宣言。家に帰る方法を考えるのにいそがしいケンチャをよそに、パピーちゃんをもまきこんで、不思議の解明に乗りだしました。

三人組が迷いこんだのは建国後十年ほどの新興国、**不思議の国**でした。そこは、インターネットが極限まで活用されていることで有名な国で、国の仕組みそのものまでもがインターネットとそっくりな国でした。なにしろ、不思議の国には首都がなく、王様も、大統領も、政治家も、官僚《かんりょう》もいなくて、すべてのものごとはみんなの話しあいでだいたいの合意が得られたうえで、実際にやってみてうまくいったかどうかで決められているという、変わった国でした。

お母さんによると、不思議の国には、あっちゃんこの叔父《おじ》さんが住んでいるとのことで、三人組は、みんなが最初に現れたヒュルルン電力という風力発電の施設《しせつ》のそばの駅から、電車を乗りついで、叔父《おじ》さんの待っているポンポコ駅のテケテケ出口をめざして、移動することになりました。電車賃の心配もありましたが、不思議の国では、こどもとロボットと子犬には運賃はいらないのでした。

　電車での旅をとおして、ネットワークを乗りかえて相手に情報を届けるインターネットの仕組みは、電車を乗りかえて目的地まで行く仕組みとそっくりなのだということを、あっちゃんこたちは知りました。

　ポンポコ駅で三人を迎えた叔父《おじ》さんの車は、インターネットとつながる電気自動車でした。叔父《おじ》さんの車だけでなく、すべての車がそうで、不思議の国では、石油などの化石燃料にたよらない、新しい社会がつくられていたのです。

　叔父《おじ》さんの車で、みんなは、またちょっと不思議な体験をします。まずは、信号のない交差点、**環状交差路**《ラウンドアバウト》です。これは、ヨーロッパなどではふつうに見られるものですが（ちょうど、パリの凱旋門《がいせんもん》の周りがそうなっています）、交差点に入ってきた車が、真ん中の障害物を避《さ》けてぐるぐる回り、好きな方向に出ていけるようになっています。叔父《おじ》さんによれば、不思議の国の人たちは、信号機に命を預けるよりも、自分たちが気をつけて危険を回避《かいひ》することを選ぶのだといいま

す。

インターネットでも、ネットワーク自体は何も保証せず、通信している端《はし》と端《はし》ががんばってまちがいのない通信を実現しているので、インターネットと不思議の国は、真ん中ががんばらない仕組みにしている、という点でも共通していました。

そして、アメダスのようなもののかわりに、たくさんの車のワイパーの動きの強さの情報を集めて雨雲のかたちを描《えが》いたり、スーパーコンピュータのかわりに、たくさんの小さなコンピュータの空《あ》き時間を使って天気予報をしたりといったように、不思議の国では、真ん中ががんばるかわりに、みんなの力で実際にいろいろなことが実現されていました。

真ん中ががんばらないことのもうひとつの例として、不思議の国には、決まった学校がありませんでした。こどもたちは、さまざまな職業のおとなたちから、その経験にもとづくいろいろなことを、インターネットをとおして教わっていたのです。

しかし、あっちゃんこたちの冒険《ぼうけん》の旅は、そこで大きな困難にぶつかってしまいました。車をとめて、あっちゃんこが

トイレに行っているすきに、そっくりな女の子が現れて、あっちゃんことすりかわってしまったのです。

そうとは知らず、叔父《おじ》さんの車は、ケンチャとパピーちゃんと、そして、あっちゃんこのニセモノを乗せて行ってしまいます。

ひとり残されたあっちゃんこは、盲目《もうもく》で車イスの天才科学者、**スットコホルム氏**に助けられました。不思議の国では、すべてのものに**RFID《アールエファイディー》タグ**（無線IC《アイシー》タグ）がつけられているので、目の見えないスットコホルム氏にも、周囲のようすがよくわかるのです。

そして、あっちゃんこは、スットコホルム氏から、不思議の国の建国のいきさつを教えてもらいます。不思議の国は、スットコホルム氏のような年老いた人たちが、新しい社会をつくるために世界中から集まってつくった国だったのです。

自動運転する車でスットコホルム氏の家に連れていってもらったあっちゃんこは、スットコホルム氏に、半自動化された魔法《まほう》のキッチンを使ってじょうずにココアをつくってもらいます。全自動のほうが便利なのでは？　と考えたあっちゃんこに、スットコホルム氏は、自分はキッチンの主役でありたい、料理にチャレンジしたいのだと説明します。

そこに、ニセモノのあっちゃんこを連れたみんながやってきました。じつは、スットコホルム氏は叔父《おじ》さんのおじいさん、つまり、あっちゃんこのひいおじいさんだったのです。そして、ニセモノのあっちゃんこは、**あっちゃんこロボ**と呼ばれる、スットコホルム氏により開発された万能《ばんのう》モノマネ機械でした。

みんなは、あっちゃんこロボによる「なりすまし事件」をとおして、インターネットで使われている**暗号の仕組み**について知りました。

暗号を使えば、なりすましは防げますが、もし悪い一味が同じ技術を使えば、秘密の悪い相談ができてしまいます。この点について、叔父《おじ》さんは、暗号を使えば、悪い一味をつかまえるための相談を一味に知られずにすることもできるし、技術は使う人しだいだと説明します。そして、もし政府が悪いことをしようとするなら、それに対抗できる手段をもっていることは大切なので、暗号のような技術を政府がコントロールできないようにしておくことは重要なのだといいます。

叔父《おじ》さんにスパゲティをごちそうになったみんなは、翌朝、世界中から不思議の国を見学にきたり、仕事で行き来している人たちでごった返している空港から飛行機で出発します。

その直前、スットコホルム氏は、あっちゃんこに**絵本**の贈《おく》りものを渡《わた》します。それは、不思議の国でのあっちゃんこたちのそれまでの冒険が描かれた、『インターネットの不思議、探検隊！』という名の不思議な絵本でした。

飛行機で帰ったあっちゃんこたちをお母さんが迎えました。三人組は、口ぐちにお母さんにそれまでのことを報告しました。それは、みんながお母さんの車に乗って、家に帰りつくまで、えんえんと休むことなく続きました。

序章

ある朝の事件

すがすがしい朝です。きょうもとてもよい天気で、公園のまえに建つ桃色《もも》の壁《かべ》の小さな家では、屋根の上の太陽光発電システムの発電量が二〇〇〇ワット以上を示していました。

家のなかでは、二階のリビングの窓ぎわで、もうすぐ小学校に上がるくらいの小さな女の子が、ピラミッド型の白い箱でなにやら遊んでいます。女の子は、ピラミッドの底面が斜め上を向くように箱をゆかに寝《ね》かせて、窓からもれる太陽の光が、箱の底面いっぱいに広がる黒いパネルにうまく当たるように、角度を調整していました。乾電池《かんでんち》や携帯《けいたい》電話の充電《じゅうでん》などに使える、小型の太陽光充電器《ソーラー・チャージャ》のようです。やがて、箱の側面で、オレンジ色のランプが点滅《てんめつ》を始めました。

「あっちゃんこ、発電できたよ！　きょうもオレンジ色だよ」

自分のことをあっちゃんこと呼ぶその女の子は、キッチンで朝ごはんの支度をしているお母さんに大声で報告しました。

「乾電池《かんでんち》三個まで充電《じゅうでん》できるんだよ」

あっちゃんこはつぎに、キッチンのそばの壁《かべ》に取りつけてある、屋根の上の発電のようすを示すパネルのそばまで行って、背伸《せの》びしてその表示を確認しました。どうやら、この家では、あっちゃんこが発電の係のようです。

あっちゃんこの家に太陽光発電システムがやってきてから、およそ一年がたちました。

約一年まえ、あっちゃんこは、スーパーロボットのケンチャ、子犬のパピーちゃんといっしょに、家のまえの公園に突然《とつぜん》現れた黒い穴に落ちて、地球の反対側にある「不思議の国」にポンッと飛びだしました。不思議の国は、おとぎの世界の話ではなく、本当にある国の名前です。十年ほどまえにできた新興国で、インターネットが極限まで活用されていることで、世界的な注目をあびていました。あっちゃんこたちも、お母さんの弟である叔父《おじ》さんや、お母さんや叔父《おじ》さんのおじいさんである天才科学者スットコホルム氏の助けを借りながら、不思議の国で、インターネットの不思議をいろいろと探検することができたのです。

でも、それだけが不思議の国の特徴《とくちょう》ではありませんでした。

あっちゃんこたちが黒い穴を通って最初に現れたのは、「ヒュルルン電力」という、風力発電の施設《しせつ》でした。不思議の国では、自然エネルギーの活用もさかんにおこなわれていたのです。

あっちゃんこのお母さんは、あっちゃんこたちの冒険話《ぼうけんばなし》から不思議の国のようすを知って、自然エネルギーを使った発電に興味が出てきました。そこで、あっちゃんこの家でも、太陽光発電パネルを屋根の上に取りつけたり、小型の太陽光充電器《ソーラー・チャージャ》を使うようになったというわけです。

朝ごはんの支度《したく》がひと段落つくと、お母さんはあっちゃんこに話しかけました。

「あっちゃん、聞いて」

そう、あっちゃんこは、本当は「あっちゃん」なのですけれど、ちっちゃいから自分のことを「あっちゃんこ」と呼んでいるのです。

お母さんは、毎朝、あっちゃんこが目をさますまでに起きた出来事を話してくれます。このあいだは、公園に霜《しも》がおりて、一面、真っ白になっていた話をしてくれました。それは、あっちゃんこが起きてきたころには消えてしまっていたのですが、想像すると、とても面白そうな光景でした。

あっちゃんこは、お母さんの楽しいお話が大好きです。でも、きょうは少しようすがちがいました。

ケンチャとパピーちゃんもやってきて、三人組はリビングでお母さんの周りに座りました。

「ママが朝、よくお野菜を買いにいっているのは知っているでしょう？」

「うん、知ってるよ」

それは、無人販売《はんばい》のお店でした。近所の畑で、いろんな野菜を無農薬でつくっている人が、野菜を売っているのです。

コイン一枚で買える手ごろな値段だし、なんといっても新鮮《しんせん》なところが気に入って、あっちゃんこのお母さんはそのお店をいつも利用していました。大根も人参も、ちゃんと葉っぱがついて売られているから、お味噌汁《みそしる》の具にしたり、むだなく料理に使えるのです。

「けさ、買いにいったらね、めずらしくお店の人が番をしていて、話してくれたのだけど、お金を盗《ぬす》まれてしまったんだって」

無人販売《はんばい》のお店なので、買いものにきた人は、自分で料金箱にお金を入れていくのですが、きのう、お店の人が来てみたら、その箱がなくなっていたというのです。

「どうして、お金を盗《ぬす》む人がいるの？」

あっちゃんこは疑問に思いました。あっちゃんこも、野菜の無人販売《はんばい》のお店を見たことがあります。棚《たな》があって、野菜がたくさん並べられています。お客さんが払《はら》っていったお金もおいてありますが、野菜もおいてあるのです。お金ではなくて野菜を盗《ぬす》んでいったら、すぐに食べることができるのに、泥棒《どろぼう》はどうしてお金のほうを盗《ぬす》んでいったのでしょう。

「お金があると、野菜だけでなく、自分がほしい、いろいろな物が買えるから、泥棒《どろぼう》はお金を盗《ぬす》んでいったのね」。お母さんは、そう言ってから、あることに気づきました。「それと、お金はだれでも使うことができるから、盗《ぬす》んだお金でも、買いものができてしまうのね」。

あっちゃんこのお母さんは、インターネットを使って、いろんな人が仕事をしやすくなるために手助けする仕事をしています。むずかしい問題を抱《かか》えた人といっしょに仕事をすることが多いので、問題が起こったときに、その解決のしかたを考えるのが得意なのだと、あっちゃんこは知っていました。

「だから、お金には、宛《あ》て先が書いてあればいいのよ」

「お金に宛《あ》て先？」

「小切手というの。紙に、金額と宛《あ》て先を書いて、相手に渡《わた》すのよ」

小切手を受けとった人は、それを銀行に持っていくと、コインや紙のお金にかえてもらえるのだそうです。もちろん、小切手が宛《あ》てられた本人だということを、身分証明書であきらかにしなければいけません。

あっちゃんこのお母さんは、学生のころ、アメリカ合衆国に留学していて、個人小切手《パーソナル・チェック》をよく使っていました。アメリカでは、銀行に当座預金の口座をつくると、だれでも小切手を使えるようになります。それが個人小切手《パーソナル・チェック》です。あっちゃんこのお母さんは、当時はお母さんではありませんでしたが、アパートの家賃を大家さんに払《はら》うときも、電気代などを払《はら》うときも、そしてスーパーで買いものをするときなども、小切手を使っていたのだといいます。

「小切手には宛《あ》て先が書いてあるので、盗《ぬす》まれても、盗《ぬす》んだ人は正しい持ち主ではないので、銀行でコインや紙のお金に換《か》えることができないの。だから、盗《ぬす》まれる心配があまりないので、封筒《ふうとう》のなかに入れてふつうの郵便で送ったりすることもできるのよ」

「んがも！」

あっちゃんこは、びっくりしたときや不思議に感じたときに、よく、こんなすっとんきょうな声をあげます。きょうは、世の中にそんなお金があるということを初めて知って、ちょっとびっくりしたにちがいありません。

すぐにあっちゃんこは、なにかを思いついたように、はしゃぎだしました。

「あっちゃんこも小切手つくる！」

あっちゃんこは、お母さんが小切手をよく使っていたということを知って、自分でもやってみたくなったのです。ごっこ遊びの始まりです。

お母さんは、画用紙を小さく、だけども本物の小切手よりは大きく切りました。あっちゃんこは、お母さんに教わって、クレヨンで小切手に必要な項目《こうもく》を書きこんでいきます。

額面を書くときになって、あっちゃんこはちょっと困りました。あっちゃんこには、本当のお金は払《はら》うことができません。そこで、嘘《うそ》のお金を書くことにしました。ごっこ遊びのお金です。

あっちゃんこは、額面の欄《らん》に「100ちゃんこ」と書きました。

「『ちゃんこ』っていうお金だよ」

あっちゃんこのファンタジーの世界で、柿《かき》の国で使われているお金の単位が「ちゃんこ」なのだそうです。

あとは、宛《あ》て先を書いて、サインをすれば、ごっこ遊びの小切手の完成です。

そのとき、公園のほうから、こどもたちの騒《さわ》ぐ声が聞こえてきました。

あっちゃんこのお母さんが窓の外を見ると、近所の小学校に登校する途中《とちゅう》なのでしょう、家のまえの公園に小学生たちが集まって、なにやらざわめいています。そのこどもたちは、黒い何かをとりまいているようすでした。

よく見ると、それは黒い穴でした。すべり台のまえあたりに、黒い穴がぽっかりとあいていたのです。

それは、一年まえ、あっちゃんこ、ケンチャ、パピーちゃんの三人組が落ちて不思議の国に行ったときとそっくりの穴でした。

こどもたちは、落ちてしまわないように気をつけながら、その穴の奥《おく》をのぞきこんでいました。

第1章

虹《にじ》色のトンネル

あっちゃんこのお母さんは、公園のようすがよく見えるように、ベランダに出ました。
あっちゃんこ、ケンチャ、パピーちゃんもそのあとに続きます。

旅立ち

あっちゃんことパピーちゃんは、ベランダの囲いのすきまから外のようすを見て、何が起こっているのかを知りました。ケンチャは、ケンチャ・マジックアイでズームインして、黒い穴とその周りのこどもたちのようすを観察しています。こどもたちは、危険だとわかっているのでしょう、だれも穴のなかに入ろうとはしませんでした。

ケンチャ・マジックアイをズームアウトすると、近くの交番から自転車に乗った警官がやって来るのが見えました。だれかが通報したのかもしれません。何人かのおとなたちがやってきて、こどもたちを穴から引き離《はな》していきます。警官は、無線機を使って何か話していました。

しばらくすると、パトカーのサイレンの音がしました。たくさんの警官たちや市の職員たちがやってきて、あれやこれや、穴の周りで相談を始めました。そして、相談がまとまったのか、警官たちは黄色いテープを張りめぐらせて、人びとが穴に近づけないようにしました。あっという間の出来事です。

お母さんは、あっちゃんこにも、穴に近づかないように注意しなければと考えました。

「あっちゃん」

ところが、お母さんがふり返ると、そこにはあっちゃんこも、ケンチャも、パピーちゃんもいませんでした。

「あっちゃん！」

胸騒《むなさわ》ぎをおぼえて、あっちゃんこのお母さんがこども部屋に行くと、あっちゃんこは、お菓子《かし》やいろいろなものをリュックに詰《つ》めこんでいるところでした。ケンチャやパピーちゃんは、ちょっと心配げにそのようすを見ています。

「あっちゃん、行く気なの？」

お母さんにも、黒い穴が不思議の国に通じているだろうことは、わかっています。そして、あっちゃんこが、一度いいだしたら聞かないだろうことも、わかっていました。

一年まえは、事故で落ちてしまったということもあるし、ケンチャやパピーちゃんもいっしょだったので、お母さんは、せっかく外国に行ったのならと、あっちゃんこに、いろいろなものを見て、冒険《ぼうけん》してくることを勧《すす》めました。でもいまは、行かないという選択《せんたく》をすることもできるのです。

「うん、あっちゃんこ、また行くよ」

あっちゃんこは、リビングに走っていきます。みんなもそのあとを追いかけました。

「あっちゃん、ママはちょっと心配なの」

「だいじょうぶだよ」

あっちゃんこは、絨毯《じゅうたん》の上にあったつくりかけの小切手をつかんで、リュックに詰《つ》めました。不思議の国で、ごっこ遊びの続きをするつもりかもしれません。

それから、あっちゃんこは、リュックを背負うと、本棚《ほんだな》のところに行って、本を一冊、取りだしました。それは、不思議の国で、あっちゃんこがひいおじいさんのスットコホルム氏からもらった絵本、『インターネットの不思議、探検隊！』でした。スットコホルム氏が最後に言った、「つぎに不思議の国に来るときには、かならず持っておいで」という言葉を、あっちゃんこは覚えていたのです。

あっちゃんこは、絵本を抱《かか》えて、玄関《げんかん》から外へ出ていきました。ケンチャとパピーちゃんもそのあとを追います。

「あっちゃん！　待って！」

三人組を追いかけて、あっちゃんこのお母さんも公園へと向かいました。

公園には、警官たちがたくさんいて、こどもたちが穴に近づかないように見張っていました。とくに、黒い穴の周りは、警官たちがとりかこんでいて、近づけません。

でも、あっちゃんこは気づきました。警官たちはみんな、穴の周りを気にかけているだけで、すべり台の後ろには、だれもいなかったのです。

あっちゃんこたちは、そろりそろりと、すべり台の後ろに回りこみました。そして、タンタンタンタンッと軽快な音を立てて、あっちゃんこは、すばやくすべり台の上まで登っていきました。

「おい、何をしているんだい、危ないよ！」

気づいた警官が声をあげました。

でも、あっちゃんこは止まりません。すべり台をするりと滑《すべ》りおりて、えいっとジャンプすると、穴のなかに飛びこみました。ケンチャとパピーちゃんもそのすぐあとに続きます。警官たちが手を出して止めるよりも一瞬《いっしゅん》早く、お母さんも、エプロン姿のまま、みんなに続いて穴のなかに飛びこみました。

四人は穴のなかに消えて、あとには警官たちだけがとり残されました。

「おーい！」

警官たちは、口ぐちに、穴の奥《おく》に向かって呼びかけました。その声は、あっちゃんこたちには届いていませんでした。

時間と空間のはざまで

一年まえは、過《あやま》ってあっちゃんこが落ちたときも、そのあとをケンチャが追いかけたときも、そして意を決してパピーちゃんが飛びこんだときも、一瞬《いっしゅん》――正確には、ケンチャの計測によると、光が地球を一周するのと同じ133ミリ秒――で、みんなは不思議の国にポンッと現れました。

ところが、今回はようすがちがいます。みんなは、虹《にじ》色をした大きなトンネルのなかを、ゆっくりと落ちていっているようでした。

トンネルのなかには強い風が吹《ふ》いているようで、あっちゃんこやお母さんの髪《かみ》がなびいています。あっちゃんこは、絵本が飛ばされないように、しっかりと抱《だ》きかかえていました。

みんなが落ちていく先のほうを見ると、はるか遠くで、大きくて丸くて、高熱でドロドロに熔《と》けたような赤いものが、真っ暗な空間のなかで光に照らされながら、ぐるぐる回転しています。

「ケンチャ、あれは何？」

あっちゃんこのお母さんは、トンネルに入るのは初めてなので、ケンチャが知っているのではないかと思って聞いてみました。

「一年まえは一瞬《いっしゅん》だったので……」ケンチャにも、それがなんなのか、見当がつきませんでした。「あんなものがあるなんて、まえは気づかなかったです」

と、突然《とつぜん》、その大きな丸いものに、その半分くらいの大きさの何かが目にも止まらない猛《もう》スピードでドーンとぶつかりました。全体のかたちが一瞬《いっしゅん》、崩《くず》れ、無数の細かな破片が周りの空間に飛び散ります。と、つぎの瞬間《しゅんかん》には、飛び散った破片が集まって、小さな丸いものができて、かたちがもどった大きな丸いものの周りをぐるぐるものすごい速さで回りはじめました。大きな丸いものと小さな丸いものの距《きょ》離《り》は、どんどん離《はな》れていきます。

「あっ！」ケンチャは何かに気づいたようです。「たぶん、いまのは、**ジャイアント・インパクト**だと思います。あの大きな丸いものは惑星《わくせい》で、ぼくたちは、その惑星《わくせい》に衛星ができた瞬間《しゅんかん》を見たんでしょう。早回しですけど。でもどこの惑星《わくせい》だろう……」

ケンチャは分析《ぶんせき》を始めると、すぐに答えを出しました。

「どうやら、誕生後すぐの、地球と月みたいです」

■地球の誕生

ケンチャの説明によれば、あっちゃんこたちは、トンネルのなかをゆっくりと下降しながら、**地球が誕生してから数億年分にもあたる歴史**を、早送りで見ているらしいのです。そんな大昔のことが見えているのは、そもそもおかしいことです。それに、落ちていくみんなの周りでは時間の流れはふつうなのに、地球が見えているずっと下のほうでは早回しになっているみたいなので、このトンネルのなかでは、時間の流れがおかしくなっているのにちがいないと、みんなは思いました。

地球の周りの時間は、ときどき速くなったり、遅《おそ》くなったりしながら、それでも本当よりはずっとずっと速いスピードで流れているようすでした。

「地球は、遠い遠い昔、何十億年もまえに、小さな天体どうしがぶつかりあって、合体して、つくられたんだ」ケンチャは、あっちゃんこにわかりやすいように、こう説明しました。「おしくらまんじゅうをすると、からだが暖まるよね。同じように、生まれたての地球は、とても熱かったんだ」

「お月さまは、おっきなのがぶつかってできたの？」

「うん、それが『ジャイアント・インパクト仮説』という有力な説なんだけど、どうやら本当だったみたいだね」ケンチャは、それからマジックハンドで地球のほうを指さしました。「ごらんよ。海ができるよ」

みんなのはるか下のほうでは、青い地球が生まれつつありました。誕生直後は、ドロドロに熔《と》けて熱かった地球が、しだいに冷えていき、大気にふくまれていたたくさんの水蒸気が水となり、大雨となって地表に降りそそぎ、やがて海になるところを、みんなは早回しで目撃《もくげき》したのです。

地球の姿は、どんどん変わっていきます。

「太陽の光と、地球の中心の熱の、ふたつのエネルギー源を使って、地球が変わっていくよ」ケンチャが説明しました。「まずは、地球の中心の熱、つまり地熱だよ。地熱は、地球のなかでぐるぐる回る物質の流れを生んで、熱い物質を地球の表面

に向かって運ぶんだ。ちょうど、お風呂《ふろ》のお湯が、上のほうが熱くて、下のほうがぬるくなるようにね。地球のなかの物質は、鋼鉄より硬《かた》いんだけど、長い時間をかけて、ゆっくり動いているんだよ」

あっちゃんこは、ちょっとむずかしい話になってきたなと思いましたが、ケンチャの説明好きはいつものことなので、黙《だま》って聞いていました。

「おしくらまんじゅうをしていると、真ん中の人は四方から押《お》されて大変だけど、外側の人は押《お》されてないよね。同じように、地球の表面の近くでは——表面といっても、いまは全体が海なので、海の底のことだけど——圧力が弱まるんだ。すると、固まっていた物質が熔《と》けて、マグマになって、海の底に飛びだすんだよ。海底火山だね！　そのマグマが冷えて固まって、地殻《ちかく》、つまり、地球の殻《から》になっていったんだ。殻《から》といっても、地殻《ちかく》のほうが、地球の中身と比べたらやわらかいんだよ。火山の一部は、海の上にもり上がって、しだいに陸地になっていったよ」

ケンチャの説明のとおり、地球には大陸が生まれつつありました。

「地球を変えるふたつのエネルギー源のうち、つぎは、太陽の光だよ。太陽の光で海が暖められると、水蒸気が蒸発するよ。お風呂《ふろ》のお湯から、湯気が立つようにね。それは雨になって山に降るんだ。それから、水の流れが集まって、川になって、地面のいろいろなものを溶《と》かしこんで海にもどっていくんだよ。海から出て、海にもどる、水の循環《じゅんかん》が生まれたんだ。循環《じゅんかん》というのは、ひとまわりして、またもとのところにもどることを、どんどんくり返すことだよ。その循環《じゅんかん》に乗っかって、いろんな物質が動いていったんだ。地中から、火山の噴火《ふんか》のガスとして放りだされた、空気中の二酸化炭素もだよ」

太陽は、その間、どんどん明るくなっていきました。

■生物圏《けん》の誕生

「二酸化炭素は、空気の熱をためて、宇宙に逃《に》がさない働きをするから、地球が暖かくなるよ。いま、地球の温暖化が騒《さわ》がれているから、あっちゃんこも知っているよね」

「ニタンカタントでしょ、知ってるよ」

「地球を直接、暖めているのは、太陽の光だよ。そして、太陽の明るさも、変化しているんだ。太陽が明るくなければ、地球はそれほど暖められないので、海から蒸発する水蒸気は少なくなるよ。すると、雨があまり降らなくなるので、二酸化炭素を雨に溶《と》かして、空気から地表に移す働きも小さくなるよ。でも、火山は、地熱がエネルギー源なので、火山の噴火《ふんか》によって空気のなかに放りだされる二酸化炭素の量は変わらないんだ。なので、空気のなかの二酸化炭素の量は増えていくんだよ。すると、温室効果が強くなって、地球の温度は一定に保たれるんだ」

あっちゃんこは、ポカンとした顔で聞いています。

「逆に、太陽が明るくなると、地球が暖められて、海から蒸発する水蒸気の量が増えるよ。すると、雨がたくさん降って、二酸化炭素を水に溶《と》かしていくから、空気中の二酸化炭素の量が少なくなるんだ。なので、温室効果が弱くなって、やっぱり地球の温度は一定に保たれるんだよ」

「結果として気温は安定し、地球は長いあいだ、海を蒸発させずにすむことができたってわけね」あっちゃんこのお母さんは、ケンチャの言いたいことを察して先回りしました。

「そうなんです。おとなりの金星では、海はできたものの、蒸発してしまったと考えられているんです」

その、安定した海のなかで生命は生まれましたが、あっちゃんこたちの視点からは、まだそのことはわかりませんでした。

最初のころの生物は、海の底で得られる地熱をエネルギーとして利用していました。それは、太陽からのエネルギーと比べたら、ずっと小さなものだったので、長いあいだ大きな変化は現れませんでした。

長い年月がたち、やがて、光合成の能力をもった生物が現れると、地球の姿が大きく変わりました。

「見て！」

あっちゃんこのお母さんが興奮ぎみに指をさしました。緑が地表をおおっていったのです。あっちゃんこも目を見張って、そのようすを見ています。

「光合成は、太陽の光のエネルギーを使って、水と二酸化炭素から有機物を合成する働きですよね」ケンチャは、地球に植物が生まれた影響《えいきょう》を分析《ぶんせき》していました。「植物の誕生により、地球での水や他の物質の循環《じゅんかん》の仕方は、少し変わったことになります。植物が二酸化炭素を吸収して、地面のなかに固定していくことで、温室効果がおさえられていったんですね」

それは、生物の棲《す》みやすい環境《かんきょう》に、地球が変わっていったことを意味していました。

■人間圏《けん》の誕生

やがて、人間が現れました。

もちろん、人間は小さいので、遠くから地球を見下ろしているあっちゃんこたちからは見えません。恐竜《きょうりゅう》がいたことさえわからなかったのに、人間が現れたとわかったのは、地表のようすが変わったからです。

「見て、人間が生まれたよ！」

ケンチャも興奮ぎみにマジックハンドで指をさしました。農耕が始まり、森が畑に変わっていったのです。

すると、日光の反射率や、地表での水の流れ方が変わるので、地球に影響《えいきょう》が現れます。そのことを、ケンチャはマジックアイを使って詳細《しょうさい》に観察していました。そのころの文明は、人類が誕生する以前から地球にそなわっていた、太陽の光をおもなエネルギー源とする物質の流れを、そのまま自分たちのほうへ迂回《うかい》させて利用する種類の文明だったといえます。

ところが、あっちゃんこたちの視点からは、一瞬《いっしゅん》のことでしたが、つぎに産業革命が始まり、人間は、地下に埋蔵《まいぞう》されている資源、すなわち、石炭、石油、天然ガスなどの化石燃料を燃やしてエネルギーを得るようになりました。物質やエネルギーの流れを、人間が自分たちでつくりだすことにより、文明は、新しい段階を迎《むか》えたのです。人口も爆発《ばくはつ》的に増えたのでしょう、夜になると、都市部では、灯《あか》りがともるのがわかるようになりました。

もはや、ケンチャのマジックアイを必要としないくらい、人間の活動が地表にあたえる影響《えいきょう》はあきらかだったのです。

「大陸のプレートの移動や、川の流れによる侵食《しんしょく》のかわりに、もっともっと、速いスピードで、人間が、トラックや列車や貨物船やタンカーや飛行機を使って、物質を移動させるようになったんですね」

「そうね」お母さんは、けさ、あっちゃんこと交わしていた会話のことを思い出していました。「そして、その、物質のすばやい動きに、お金はきっとかかわっているのね」

そのときです。突然《とつぜん》、トンネル全体がガクッとゆれ、その拍子《ひょうし》で、あっちゃんこが抱《かか》えていた絵本が、あっちゃんこの手をすりぬけて、風に飛ばされました。

「んがも！」

「ワンッ」

とっさにパピーちゃんが絵本に飛びつき、口にくわえました。ところが、今度はパピーちゃんが少しずつ、風に流されていきます。

「あっ、パピーちゃん！」

あっちゃんこは、パピーちゃんのあとを追おうとしましたが、ケンチャがマジックハンドであっちゃんこの服をつかまえて、それを止めました。ケンチャが推進エンジンを使って飛んでいけば、たぶん、パピーちゃんを連れもどすことができます。そのまえに、あっちゃんこを落ちつかせる必要があると、ケンチャは判断しました。

「パピーちゃん！」

「落ちついて、あっちゃんこ！」

「パピーちゃん！」

パピーちゃんの姿は、しだいに遠ざかっていきます。

パピーちゃんも、声をあげようとしましたが、口をあけると、絵本が飛んでいってしまうので、我慢《がまん》して、黙《だま》ってあっちゃんこたちのほうを見つめかえしました。

「パピーちゃん！」

「あっ！」

そのとき、ケンチャのボディを電撃《でんげき》が走りました。まるで雷《かみなり》に打たれたかのようです。ケンチャの力が一瞬《いっしゅん》ゆるんで、あっちゃんこはするりとマジックハンドからぬけて、風にのって流されていきました。

「あっちゃん！」

あっちゃんこのお母さんは手をのばしましたが、あいだにいるケンチャが邪魔《じゃま》になって、手が届きません。

「あっ、あっちゃんこ！」

われに返ったケンチャは、フンッと力を入れて推進エンジンを起動しようとしましたが、力が入りません。それでもなんとかしてあっちゃんこを追おうとするケンチャを、今度はお母さんが止めました。

推進エンジンを使わなければ、ケンチャはたぶん、追いつけないし、ここでケンチャがお母さんと離《はな》れてしまったら、みんなが完全にバラバラになってしまうからです。

直後、トンネル全体がひしゃげたかと思うと、空間が、それぞれの身体を包みこむように、ギュッと小さくなりました。

そして、みんなは

・パピーちゃんと絵本
・あっちゃんこ
・あっちゃんこのお母さんとケンチャ

の三組にわかれて、たがいから遠く離《はな》れた場所で、黒い穴からポンッと飛びだしました。

第2章

不思議の国の夜

それぞれの夜

　パピーちゃんは、穴から飛びだしたショックで気絶していました。

　パピーちゃんが、暖められたミルクのいい匂いに気づいてめざめると、そこは焚《た》き火のそばでした。パピーちゃんのまえには、ホットミルクが入ったお皿がおかれていました。

　焚《た》き火の向こう側には、長い髪《かみ》をした若いお姉さんが、石ころでゴツゴツした地面に毛布を敷《し》いて、その上に座っています。気づくと、パピーちゃんの下にも、やわらかな肌《はだ》ざわりの毛布が敷《し》かれていました。近くで水の流れる音がします。周囲は、暗くてよくわかりませんが、どうやら河原のようでした。焚《た》き火の薪《まき》がパチパチとはじけ、そして静かな風が吹《ふ》いていて、その風に合わせて、焚《た》き火の炎《ほのお》がときおり大きくゆれていました。

　ぜんぜん知らないところに来てしまったのに、パピーちゃんは、なんだか心地よさを感じていました。焚《た》き火の向こう側のお姉さんが、どことなく、あっちゃんこのお母さんに似ていたからかもしれません。

パピーちゃんは、しばらくぼうっとしていましたが、やがてハッとして気づきました。

「大変なの！　絵本がないの！」

すると、お姉さんはかたわらにおいてあった絵本を手にしました。

「これ？」

「それはあっちゃんこの絵本なの」

「知ってるわ」

「お姉さんは、あっちゃんこを知ってるの？」

お姉さんは、その問いかけには答えませんでした。

「朝になったら、本を持って街へ出ましょう。きっと、みんなのほうからパピーちゃんを見つけてくれるわ」

パピーちゃんはドキリとしました。お姉さんは、あっちゃんこだけでなく、パピーちゃんのことも知っているみたいだったからです。

「お姉さんはだれなの？」

「わたし？」お姉さんは、こう名乗りました。「わたしは、シモイーダよ」

一方、あっちゃんこのお母さんとケンチャは、不思議の国の田舎《いなか》道を歩いていました。カエルの鳴く声がします。澄《す》んだ空には、たくさんの星が輝《かがや》いています。灯《あか》りがなく、暗いので、ケンチャ・マジックライトが足下を照らしていました。ケンチャは、体がうまく動かせないようで、お母さんに支えてもらいながら、ゆっくりと進んでいます。

「ごめんなさい、あっちゃんこのママ。ぼく、どうかしちゃったみたいで……」

ケンチャは、トンネルのなかであっちゃんこを離《はな》してしまったことに責任を感じていて、さっきから、何度もお母さんにあやまっています。ケンチャは、トンネルのなかで雷《かみなり》に打たれたようになったとき、回路の一部が壊《こわ》れてしまったようなのです。

「ううん、すんでしまったことは仕方がないけど、とりあえず、ケンチャ、あなたを治さなければ……」

いざというときに役に立つのがケンチャのたのもしいところですが、壊《こわ》れていたらその力を発揮してもらうことができません。

「そのためには、スットコホルム研究所に行くしかないと思うの」

ケンチャも、いろいろな発明をしているスットコホルム氏の研究所なら、きっと自分を治してもらえるかもしれないと思いました。

そのとき、クラシックなデザインの夜行バスが背後から静かに通りがかり、あっちゃんこのお母さんとケンチャのわきで停まりました。そこは、バス停ではなかったのですが、夜中に、だれもいない田舎《いなか》道を歩いているお母さんとケンチャを見かねて、親切で停まってくれたようです。

ドアが開き、車掌《しゃしょう》さんが降りてきました。

「どうかされましたか?」

あっちゃんこのお母さんとケンチャは、説明に困りました。

「このバスは街へ行きますが、乗りますか?」

スットコホルム研究所に行くためにも、まずは街に出ることが先決です。でも、問題はバスの運賃です。お母さんは、不思議の国では、こどもとロボットと子犬には電車賃がいらないことを、あっちゃんこたちから聞いて知っていました。なので、ロボットのケンチャには、たぶん、バスの運賃はいらないでしょう。ですが、あっちゃんこのお母さんはおとなです。

「わたし、不思議の国のお金を持っていないんです」

急なことだったので、クレジットカードも持ってこなかったお母さんは、途方《とほう》に暮れました。

「だいじょうぶですよ」車掌《しゃしょう》さんは言いました。「あなたは、たしかに不思議の国の住民ではないけれど、このロボットは、不思議の国でつくられていますね」

「えっ?」自分のことなのに、ケンチャは驚《おどろ》きました。

あっちゃんこのお母さんは黙《だま》っています。

「ぼくは、不思議の国でつくられたんですか?」

「うん、君の部品には、不思議の国でつくられたことを表すＲＦＩＤ《アールエフアイディー》タグが付いているよ」

車掌《しゃしょう》さんは、左手に持った、手のひらサイズの小型コンピュータに付けられたセンサーの表示を見て言いました。ケンチャは、自分のことを何も知らなかったのです。

「君には名前はあるのかい？」

「ケンチャです」

「ケンチャ、君には、何か、人のためにできることがあるかい？」

「機械がしゃべっていることを聞いて、人間に伝えることができます。いまは、具合が悪くてうまくできないんですけど……」

「だいじょうぶ、治ってからでいいよ」

車掌《しゃしょう》さんはあっちゃんこのお母さんに説明しました。

「不思議の国で生まれたロボットのケンチャに、不思議の国での労働を約束する、電子的な、手形を発行してもらいましょう。それが、あなたの運賃のかわりです」


そのころあっちゃんこは、農園のはずれにある、白い家の玄関《げんかん》に続く階段のところに腰《こし》かけて、ぼんやりとしていました。穴から飛びだしたショックのせいかもしれませんし、みんなとはぐれてしまったせいかもしれません。でも、一年まえに不思議の国でひとりぼっちになってしまったときのようには、泣いたりはしませんでした。

しばらくして、白い家の玄関《げんかん》のドアが開き、小学生くらいの男の子が顔を出しました。

「やっぱり人がいたよ！　小さな女の子だよ！」

男の子は、ドアの奥《おく》をふり返って、大声でだれかに伝えてから、外に出て、あっちゃんこのところまでやってきました。

「ぼくはヘルムートって言うんだ。君は？」

「あのね、あっちゃんこだよ」

男の子は、手にした小型コンピュータのセンサーを使って、あっちゃんこのことを調べているようでした。

「ごめんよ。もし君が迷子だったら、お父さんに家まで送っていってもらおうかと思って。あっちゃんこ、君は、外国から来たんだろ？」

あっちゃんこはうなずきました。

「夜は冷えるから、よかったら家にあがりなよ」

「ありがとう。ヘルメットお兄さんはやさしいね」

あっちゃんこは、ヘルムートの名前について、何か勘《かん》ちがいをしているようでしたが、彼《かれ》はあえて指《し》摘《てき》しませんでした。

ヘルムートの家のなかは、どことなく叔父《おじ》さんの家に似ています。あっちゃんこは、一年まえに不思議の国に来たとき、建築家である叔父《おじ》さんが自分でつくった素敵な家のなかで、盲人《もうじん》であるスットコホルム氏が魔法《まほう》のキッチンの助けを借りてつくってくれたココアを飲んだり、叔父《おじ》さんがつくってくれたスパゲティをごちそうになったことを思い出していました。そういえば、あっちゃんこは、まだ朝ごはんを食べていません。

ヘルムートの家では、夕食はもう終わっていましたが、あっちゃんこは、デザートの残りをごちそうになりました。それは、ヘルムートのお母さんがつくった焼きリンゴのタルトでした。とっても甘《あま》くておいしかったので、あっちゃんこはお礼をしたくなりました。

「これあげる」

あっちゃんこは、「100ちゃんこ」と書いた、つくりかけの小切手をリュックから取りだして言いました。

「まあ!」

ヘルムートのお母さんは、大げさなほど驚《おどろ》いて、タルトのお礼はいらないので、小切手は大切にしまっておくように言いました。

「さあ、おなかもふくれたことだし」ヘルムートのお父さんが切りだしました。「あっちゃんこ、君はどうやって、そしてなんのために、この国にやってきたんだい?」

　あっちゃんこは、みんなに事情を話しました。ヘルムートや、彼《かれ》のお父さん、お母さんはとても心配そうにして、どうやったらあっちゃんこの家族を探すことができるか、相談を始めました。

　でも、あっちゃんこは、ヘルムートのお母さんが入れてくれたココアを飲んで、平気な顔をしています。あっちゃんこは、一年まえのことを思い出していたのです。

「スットコおじいさんが迎《むか》えにきてくれるから、だいじょうぶだよ」

　スットコ、と聞いて、ヘルムートのお母さんはハッとしました。

「まさか、スットコホルム氏のことじゃないわよね？」

「スットコおじいさんのこと、知ってるの？」

　ヘルムートのお母さんはリモコンを操作して、壁《かべ》に埋《う》めこまれているディスプレイに、録画しておいたお昼のニュースを映しだしました。


――こんにちは、ニュースジョッキーのアラキです。臨時ニュースをお知らせします。本日未明、スットコホルム氏が何者かにさらわれるという事件が発生しました。いまだ、犯人の身元も、足どりもつかめていない状況《じょうきょう》で、フナン地区の自警団や研究所の職員たちによる捜索《そうさく》が続けられています。では、スットコホルム研究所付近にお住まいのビデオ・ジャーナリスト、ベッティーナさんによる中継《ちゅうけい》です――

あっちゃんこは、言葉では表せなかったのですが、たよりにしていたスットコホルム氏の身に何か危険なことが起きているさなか、不思議の国にやってきた自分は、大変な事態に巻きこまれてしまったのだということを、いま、初めて実感しました。

不思議の国の手形の話

夜行バスの車掌《しゃしょう》さんから、ケンチャに手形を発行してもらうと聞いて、お母さんは、あっちゃんこなら日本のおすもうさんの手形を想像したかもしれないと思いました。もちろん、ここで言う手形とは、あることや、あるものを約束する証文の手形のことだと、あっちゃんこのお母さんにはわかっていました。

■手形と約束

「手形を受けとった人は、発行した人にその手形を渡《わた》せば、約束のことをしてもらったり、約束のものを受けとれたりします。だから、手形には、何かをしてもらうことへのお礼としての価値があります」

車掌《しゃしょう》さんは、なぜケンチャが手形を発行すると、それが運賃のかわりとして使えるかを説明していました。「また、約束のことやものがほしいと思っている別の人に手形を渡《わた》して、自分はその人に何か別のことをしてもらったり、その人から別のものをもらったりすることもできます。手形を渡《わた》された人は、それを使うことができるからです」

ケンチャのおなかのディスプレイに、メモをとるように、ケンチャが理解した内容が絵になって映しだされました。

車掌《しゃしょう》さんは、それから、ここからが重要だと言わんばかりに、せきばらいをしました。

「おほんっ。そして、ここからが重要なのですが、さらには、だれかが約束のことやものをほしいと思っているにちがいない、と考えている人にさえ、手形を渡《わた》すことができるのです。その人は、その手形を受けとるだれかがいると信じているからです。つまり、約束されていることやものに価値があり、だれかがそれを必要としている、と思う人たちのあいだで、その手形は支払《しはら》いの手段として通用するのです」

あっちゃんこのお母さんも、自分で仕事をしている人なので、手形の簡単な仕組みは知っていました。手形の裏に、裏書きといって、自分のサインを書けば、ほかの人に支払《しはら》い手段として渡《わた》せることも知っています。ただ、お母さんは、手形に

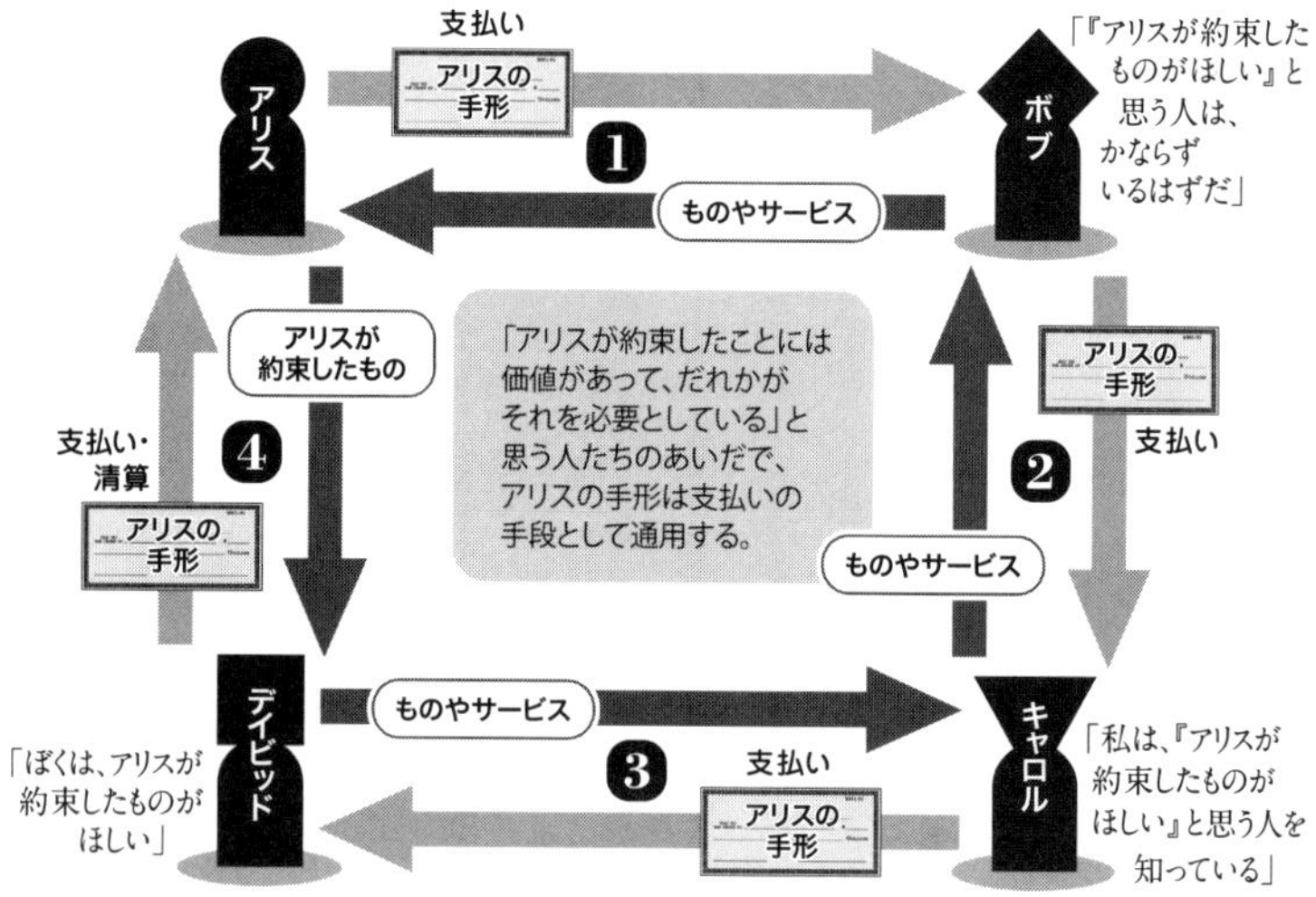
支払い
アリスの手形
アリス
ボブ
「『アリスが約束したものがほしい』と思う人は、かならずいるはずだ」
1
ものやサービス
アリスが約束したもの
「アリスが約束したことには価値があって、だれかがそれを必要としている」と思う人たちのあいだで、アリスの手形は支払いの手段として通用する。
アリスの手形
支払い
2
支払い・清算
4
アリスの手形
ものやサービス
デイビッド
キャロル
ものやサービス
3
支払い
アリスの手形
「ぼくは、アリスが約束したものがほしい」
「私は、『アリスが約束したものがほしい』と思う人を知っている」

はふつう、小切手のように銀行の当座預金が必要で、発行できるようになるためには銀行の審査《しんさ》が必要だと思っていたので、車掌《しゃしょう》さんに聞いてみました。

「ケンチャが手形を発行できるようになるために、銀行の審査《しんさ》とかは必要ないのですか？」

「不思議の国に銀行はありません」車掌《しゃしょう》さんは、あっさりとそう答えました。

たしかに、ケンチャが約束しようとしているのは労働なので、お金をあつかう銀行は、この場合、いらないのかもしれません。でも、車掌《しゃしょう》さんの言い方では、手形の発行にかかわらず、銀行自体が不思議の国にはない、と言っているのです。

「さあケンチャ」車掌《しゃしょう》さんはうながしました。「手形を発行してくれないか。君の労働を必要としている人は、きっとこの国にいるよ」

ケンチャは、「この証書と引きかえに、機械の言葉を人間の言葉に翻訳《ほんやく》します」と約束する手形を電子的につくって、本当にケンチャがつくったものだと証明するために**デジタル署名**をしました。そして、車掌《しゃしょう》さんのコンピュータから教えてもらった通信規約《プロトコル》にしたがって、無線で車掌《しゃしょう》さんに送りました。

ケンチャとお母さんは、そうして夜行バスに乗りこみ、街へと向かっていきました。

■公開鍵《かぎ》と信用

「ケンチャ、さっき、デジタル署名をしていたでしょ」あっちゃんこのお母さんは、眠《ねむ》っているバスの乗客たちを起こさないように小声で聞きました。「ケンチャの署名が正しいものだと、不思議の国の人たちが知るためには、みんなはケンチャの公開鍵《かぎ》を持っていなければならないわけよね」

　デジタル署名は、秘密の鍵《かぎ》とおおやけの鍵《かぎ》のペアを使う公開鍵《かぎ》暗号系の応用です。一年まえ、あっちゃんこ、ケンチャ、パピーちゃんの三人組は、スットコホルム氏が残していった不思議な箱とふたつの鍵《かぎ》を使ったパズルで、デジタル署名の仕組みを探検しました。秘密の鍵《かぎ》で閉じた箱は、ペアとなるおおやけの鍵《かぎ》でしか開けないのです。ケンチャが秘密に隠《かく》し持っている鍵《かぎ》で暗号化された内容は、ペアとなるおおやけの鍵《かぎ》でしか解けないので、ケンチャのおおやけの鍵《かぎ》、すなわち公開鍵《かぎ》を持っている人たちは、暗号を解くことで、鍵《かぎ》をかけたのがケンチャだと、たしかにわかります。それが、デジタル署名の大まかな仕組みでした。

「はい。ぼくの公開鍵《かぎ》は、インターネットをとおして、みんなに配られます」ケンチャも小声で答えました。

「どうしてケンチャの公開鍵《かぎ》が本物だと、みんなはわかるのかしら」

　ケンチャの公開鍵《かぎ》は、インターネットを通るあいだに他のものにすり替《か》わってしまうかもしれません。そもそも、不思議の国の多くの人は、ケンチャのことを知らないはずです。これは、だれかあなたの知らない人の公開鍵《かぎ》だよ、と言って渡《わた》されても、本物かどうかをたしかめようがありません。どうしても不確かになりがちなところを、どのように確かにするのか、あっちゃんこのお母さんには興味がありました。

「ぼくは車掌《しゃしょう》さんと会って、その場で無線で公開鍵《かぎ》の交換《こうかん》をしました。そのとき、指紋《フィンガー・プリント》の確認までしています」

「指紋《フィンガー・プリント》というのは、公開鍵《かぎ》のハッシュ値のこと？」

「そうです」ケンチャは答えました。

ケンチャの公開鍵《かぎ》は、2048ビットもの長さを持った大きな数でした。このデータを、ある決まった計算方法を使って、グシャッと圧縮して小さくします。すると、たとえばつぎのような、160ビットの短いデータになります。

EA4A 634A 1F91 2DED F261 3556 8B18 7FD4 2DED 9F4A

これがハッシュ値ですが、これは、16進数、つまり0～9までの数字と、それだけでは足らないのでA～Fまでのアルファベットを使って、16で桁《けた》がひとつ上がるような数の表し方で書かれています。

ハッシュ値は、映像や音楽のデータの圧縮などとちがって、大きなデータを小さくして送って、送り先で元にもどすのが目的ではないので、逆の計算をして元の大きな数にもどすことはできません。でも、元の大きな数が、少しでもちがっていると、ぜんぜんちがうデータになるような特殊《とくしゅ》な計算方法を使っているので、インターネットをとお

してデータを入手したときに、受けとった側がハッシュ値を計算して、公開されている値と比べることで、受けとったデータが本物かどうかをたしかめることができるのです。

ハッシュ値は16進数で40桁《けた》の数なので、やろうと思えば人間が読みあげて確認することもできます。実際にそういう方法もおこなわれますが、不思議の国では、それをさらに、1桁《けた》の16進数がひとつの色に対応するようなカラーパターンにして、人間でも一瞬《いっしゅん》でちがっているかどうかが確認できるようにしていました。

車掌《しゃしょう》さんとケンチャは、無線で公開鍵《かぎ》の交換《こうかん》をしたあと、車掌《しゃしょう》さんは小型コンピュータのディスプレイに、ケンチャはおなかのディスプレイに、それぞれの公開鍵《かぎ》の指紋《フィンガー・プリント》のカラーパターンを表示させて、たがいが受けとったものが本物かどうか、まちがいがないかどうか、確認していたのです。

「ですので、車掌《しゃしょう》さんはぼくの公開鍵《かぎ》が本物だということを知っています。そして、車掌《しゃしょう》さんがぼくの公開鍵《かぎ》にデジタル署名をしてくれたので、車掌《しゃしょう》さんを信用している人たちは、ぼくの公開鍵《かぎ》を本物だと信じられます」

不思議の国では、公開鍵《かぎ》は人びとのつながりをとおして配布されるのだと、あっちゃんこのお母さんは理解しました。

■電子手形の通信規約《プロトコル》

つぎに、あっちゃんこのお母さんは、ケンチャの電子手形がどのように使われていくのかに興味が出てきました。ケンチャが機械の言葉を人間の言葉に翻訳《ほんやく》してくれるのは、たしかに便利で、お母さんも、家の洗濯《せんたく》機やプリンタの故障の診断《しんだん》のときなど、何度もケンチャにお願いしたことがあります。でも、そんな便利なサービスがあることを、みんなが知らなければ、せっかくケンチャが発行した手形も、みんなに使われることにはならないでしょう。何か広告の仕組みがあるはずだと、あっちゃんこのお母さんは考えました。

「不思議の国では、電子手形を集めるサーバがあるのかしら」

「決まったサーバはありません」ケンチャが説明しました。「受けとった人は、自分のコンピュータに保存しておいて、使うときに相手に送るんです。決まったサーバがあると、そこがシステムの単一故障点（single《シングル》 point《ポイント》 of《オブ》 failure《フェイリャー》）、つまり、壊《こわ》れると全体が動かなくなる急所になってしまうので、攻撃《こうげき》や高負荷などに弱くなってしまうからです」

車掌《しゃしょう》さんのコンピュータに通信規約《プロトコル》を教わったので、ケンチャはすっかり、不思議の国の手形の仕組みのエキスパート気どりです。

「じゃあ、どうやって不思議の国の人たちは、ケンチャの手形や、約束されている翻訳《ほんやく》の仕事のことについて知るのかしら」

「公開鍵《かぎ》の配布と同じで、人づてに情報が広がるんです」

考えてみれば、ケンチャの手形が本物だと信じられる人たちのあいだでしか、その手形は使われないでしょうから、ケンチャの公開鍵《かぎ》の広まり方と、手形についての情報の広まり方がいっしょなのは、自然なことでした。

でも、電子手形を集めておくサーバがないと聞いて、あっちゃんこのお母さんの頭のなかには、いくつもの疑問が浮《う》かんできました。

「手形を受けとった人のコンピュータが壊《こわ》れて、データが失われてしまったら、どうなるのかしら」

「手形の控《ひか》えはぼくが持っていますから、データは簡単に復元できます」

「そのとき、最初に約束したよりも簡単なことに、約束を書きかえちゃったりする人はいないのかしら」

もちろん、ケンチャはそんなことはしないことを、あっちゃんこのお母さんは知っていましたが、世の中にはいろいろな人がいます。

「手形を最初に受けとった人が、すぐにデータをなくしたなら、そういうズルイことができるかもしれませんね」ケンチャは通信規約《プロトコル》を吟味《ぎんみ》しながら答えました。「でも、裏書きされて、ほかの人に渡《わた》された手形なら、まえに受けとった人は、しばらくデータを保管しているでしょうから、そんなズルイことをする人がいたら、バレてしまいます。手形のデータには、デジタル署名がついていますから、言いのがれはできません」

「裏書きして、ほかの人に手形を渡《わた》してしまった人が、まだ手形のデータを持っているなら、その人がまたその手形をほかの人に裏書きして渡《わた》して、手形が二重に使われることにならない？」

そのような二重使用《ダブル・スペンディング》が、電子マネーなど、支払《しはら》いのシステムを電子化するときにはいつも問題になることを、あっちゃんこのお母さんは知っていました。

電子手形はデジタルデータなので、何度でもコピーできます。コピー同士を区別することはできません。もし、ケンチャが発行した手形を、同じ人が何回もちがう相手に送って使ったら、最終的にケンチャのところにもどってくる手形の枚数が増えてしまいます。すると、ケンチャの負債《ふさい》、つまり借りが増えたことになってしまって、一回だけ約束したことなのに、何度もちがう人にその約束を果たさなくてはならなくなってしまうと、あっちゃんこのお母さんは考えました。

「ぼくが発行した手形が使われるときは、かならずぼくにメッセージが届きます。ぼくがそれに返事をしないと、手形はつぎの人に渡《わた》されたことにならないんです。だから、ぼくは自分の手形がいま、だれのところにあるか知っているし、同じ手形が二重に使われたらわかるんです」

そのとき、あっちゃんこのお母さんの頭のなかには、もうひとつ疑問が浮《う》かびましたが、そろそろケンチャを休ませることにしました。

第3章

謎《なぞ》の銀行

大都会フナン・シティへ

パピーちゃんが目をさますと、シモイーダが焚《た》き火を消しているところでした。

パピーちゃんが最後に目を閉じるまえに見たのは、夜空いっぱいに輝《かがや》く星たちでしたが、いまは青い空がどこまでも広がっています。パピーちゃんは、あっちゃんこたちとはぐれてしまったことが、夢ではなくて、やっぱり現実なのだと感じました。

「おはよう、パピーちゃん」

そして、シモイーダと名乗るお姉さんは、やっぱりここにいて、パピーちゃんやあっちゃんこたちのことを知っているようすなのでした。

「おはようなの」

「さあ、出かけましょうか」

あっちゃんこの絵本を持って街へ出かけるのです。そうすれば、みんなのほうからパピーちゃんを見つけてくれる、そうシモイーダが言っていたのを、パピーちゃんは思い出しました。

「おなかがすいたでしょう？　途中《とちゅう》でドッグフードを買いましょうね」

パピーちゃんは、尻尾《しっぽ》をふりました。

「ごめんね。パピーちゃんしか、正確な場所をつかめなかったから……。でも、あそこに行けば、みんながいるところからも、そう遠くないはずよ」

シモイーダが指さす先には、未来的な高層ビルの群れが、森の緑のなかに建ちならぶ光景が見えました。

それは、不思議の国でもっとも人口の多い大都市、フナン・シティでした。

■ワットシステム

そのころ、あっちゃんこのお母さんとケンチャを乗せた夜行バスは、フナン・シティのバスターミナル「ポート・リバティ」（自由港）に到着《とうちゃく》していました。ポート・リバティは、それ自体、ひとつの高層ビルで、その周りを何本もの道路が螺旋状《らせん》にとりまいています。あっちゃんこのお母さんとケンチャを乗せた夜行バスも、そのうちの一本をぐるぐる上に昇《のぼ》って、やっと終点に着いたのでした。

スットコホルム研究所は、ポート・リバティから七キロほど離《はな》れたところにありました。あっちゃんこのお母さんとケンチャは、フナン・チューブという愛称《あいしょう》で市民に親しまれている、フナン・シティを網羅《もうら》する地下鉄や、そのほかの電車を乗りついで、研究所に向かうことになりました。

行くさきざきで、ケンチャは少しずつ、将来の労働を約束する手形を電子的に発行して、それによって運賃を支払《しはら》いました。途中《とちゅう》であっちゃんこのお母さんのおなかがすいたときも、ケンチャが発行した手形によって、売店でドーナツを買うことができました。

あっちゃんこのお母さんは、電車のなかでドーナツを食べながら、旅のあいだずっと疑問に思っていたことをケンチャに聞いてみました。

「ケンチャの手形を使う人は、かならずケンチャにメッセージを送るというけど、ケンチャがインターネットとの接続を切っていたらどうするの？」

「みんなは待ちます。信用している人たち同士なら、支払《しはら》いは遅《おく》らせることができますし」

それに、不思議の国では、何もかもがインターネットの一部になっているので、もしインターネットから離《はな》れたとしても、それはあまり長い時間にはならないとケンチャは説明しました。

「じゃあ、手形を発行した人がいなくなってしまったら？」

ケンチャは、なるほどという表情をしました。

「責任感のない人だと、約束を果たさずに、逃《に》げてしまうかもしれませんね」ケンチャは、夜行バスの車掌《しゃしょう》さんのコンピュータに教えてもらった通信規約《プロトコル》を調べました。「規約によれば、手形を最初に受けとった人に責任が移るのだそうです。その人は、手形に約束されていることはできないかもしれませんが、手形を使いたい人と相談して、同じ価値をもつと合意できたことで約束をおきかえることができます」

「その人がいなくなったら？」

「つぎに受けとった人に責任が移ります」

「ということは……」あっちゃんこのお母さんは気づきました。

どんどん、人が逃《に》げていった場合、どんどん、つぎに受けとった人に責任が回っていくなら、いままさに手形を受けとろうとしている人にとっては、最後には、めぐりめぐって、自分自身に責任が回ってくることになります。結局、この手形の仕組みに参加した人が、最終的には自分で責任をもつのです。

究極的な自己責任の仕組みが、不思議の国の手形の仕組みには埋《う》めこまれていることを、あっちゃんこのお母さんは理解しました。

「この仕組みを『**ワットシステム**』と呼びます」

ケンチャは、いつもの説明口調で言いました。教えてもらった通信規約《プロトコル》の受け売りです。

「手形のことは、『ワット券』と呼びます。もともとは、紙に書くやり方だったらしいですけど、不思議の国では、とくに、デジタル化した『**i《アイ》ワット**』という仕組みを使っているそうです」

「なぜワットと呼ぶのかしら」

「最初は、手形に書く約束を、１ｋＷｈ《キロワットアワー》とかの、電力の単位にしていたそうです」

つまり、電気の値段ということになります。

不思議の国のことですから、太陽光や風力などの、自然エネルギーによる発電にかかるコストを基準にして手形の価値を決めていたのでしょう。あっちゃんこのお母さんはそう考えました。

「ワットシステムに参加するのは、大変そうね」あっちゃんこのお母さんは、ワットシステムについてこれまで理解したことを頭のなかで整理しながら、つぶやきました。「ワット券を受けとることに、いつでもリスクがつきまとうのね」

でもそれは、ふつうの手形でも同じことでした。いつでも不渡《ふわた》りの可能性はありますし、その場合、裏書きをした人の責任が問われることもあります。

「おおぜいの人が、自分よりもまえに裏書きしているワット券なら、最後に自分に責任がめぐってくる可能性も低いですよね」

ケンチャは、実際にその確率をシミュレートしながら言いました。かりに、各参加者がシステムから逃《に》げてしまう確率が二分の一だったとしても、あるワット券について自分に責任がめぐってくる確率は、自分よりまえにそのワット券にかかわった人がふたりいるなら四分の一、三人なら八分の一になります。かかわる人数が増えるたびに、責任がめぐってくる確率は倍々《ばいばい》に減っていきます。実際には、人びとが逃《に》げだす確率はもっと低いでしょうから、人数が増えると、責任が自分にめぐってくる確率はもっと急激に減ることになります。

「なるほどそうね」あっちゃんこのお母さんは、さらにその先のことを考えました。「しかも、i《アイ》ワットでは、裏書きもデジタル署名なのでしょう？　デジタル署名が正しいとわかるためには、正しい公開鍵《かぎ》を持っていなければならないから、結局、自分が受けとろうと思うようなワット券には、自分が信用している人たちと、少なくもその人たちが直接知っている人たちしか、かかわっていないということなのね」

　自分よりまえにワット券にかかわった人が多いほど安全ということは、逆に考えれば、最初にワット券を受けとる人にとってはリスクが大きいことになります。なので、ワット券が新たに生まれるときには、その人に発行させてよいのか、吟味《ぎんみ》が必要でしょう。

　考えてみれば、あのとき、夜行バスの車掌《しゃしょう》さんは、ケンチャでなく、あっちゃんこのお母さんに、紙のワット券を発行してもらってもよかったのかもしれません。でもそうしなかったのは、i《アイ》ワットの利便性もさることながら、ロボットのケンチャなら、約束を守らずに逃《に》げだすようなことはしないと、車掌《しゃしょう》さんが打算的に考えたからかもしれません。

　ワットシステムでは、銀行の審査《しんさ》のように、ほかのだれかがやってくれるのではなく、参加者の一人ひとりが、自分でリスクを減らすように気をつけているのでしょう。そういったことを考えあわせれば、意外と、ワットシステムに参加することのリスクは低いといえそうでした。

　このことは、あっちゃんこ、ケンチャ、パピーちゃんの三人組の一年まえの冒険《ぼうけん》話のなかでお母さんが聞いた、信号のない交差点である環状交差路《ラウンドアバウト》の仕組みに似ていました。

「でもね、ケンチャ」あっちゃんこのお母さんは、ワットシステムについての最後の質問を用意していました。「ケンチャは、ワット券を発行しすぎてしまうことはないのかしら」

　もちろん、ケンチャはそんなことはしないでしょうけど、自分の能力以上に、いろんなことを約束してしまう人がいるかもしれません。ワット券はお金のかわりになるのですから、人間ならだれだって、自由にたくさんお金を使えるとしたら、そうしてしまうのではないかと、あっちゃんこのお母さんは考えたのです。

「約束を守れないくらいにですか？　そんなことをしたら、ぼくの評判が落ちてしまって、つぎからぼくの発行したワット券は受けとられなくなってしまいます」

ワット券は、とくにi《アイ》ワットの場合は、公開鍵《かぎ》の正しさが判定できるような、人びとのつながりの範《はん》囲《い》というものがあるので、それほど広域で流通するようなものではありません。直接、会ったことのある人たちや、その近しい人たちのあいだでのことなので、風評は、あっという間に広まってしまいます。

もっとも、ワット券がどんどん裏書きされて渡《わた》っていって、なかなか発行した人にもどってこないとしたら、その人がワット券を発行しすぎていることは、なかなか発覚しないかもしれません。

でも、あっちゃんこのお母さんが、ケンチャに、具合が悪くならない範《はん》囲《い》の計算力を使ってシミュレートしてもらうと、ワットシステムの参加者が、自分にとってのリスクをできるだけ小さくするためには、なるべく早く手持ちのワット券が消えてしまうこと、すなわち、発行した人にもどせる機会があるなら、かならずそうして、約束を果たしてもらい、そのワット券が役目を終えて消えてしまったほうがよいことがわかりました。発行したり、裏書きしたりして、自分がかかわったワット券が出回っているということは、自分にとってリスクがあることを意味しているからです。

■スットコホルム氏の誘拐《ゆうかい》を知る

疑問がひととおり解決すると、好奇心旺盛《こうきしんおうせい》なあっちゃんこのお母さんは、せっかく不思議の国に来たのだから、いろいろなものを見てやろうと電車の車内を見回しました。

すると、隣《となり》に座っているおじいさんが熱心に手元の小型コンピュータの画面に見入っているのが目に入り、しばらくして、あっちゃんこのお母さんは大きな声をあげました。

「おじいちゃん！」

「なんですか？」

おじいさんは、自分のことを呼ばれたと思ったようですが、それはちがっていました。あっちゃんこのお母さんは、おじいさんのコンピュータの画面を見て叫《さけ》んだのです。

「あ、ごめんなさい。おじいさん、そこに映っているニュースは？」

「あなたも気になるかね、スットコホルム氏の誘拐《ゆうかい》事件」

「誘拐《ゆうかい》ですって!?」

おじいさんのコンピュータの画面には、スットコホルム氏の写真と記事が映しだされていました。あっちゃんこのお母さんとケンチャは、このとき初めて、スットコホルム氏が誘拐《ゆうかい》されたことを知ったのです。

「そうかね、あなたはスットコホルム氏のお孫さんかね」

あっちゃんこのお母さんとケンチャャは、おじいさんにこれまでのいきさつを話していました。

「あの人の科学、発明、思想、そして生き方すべてに、本当に敬服するよ」おじいさんはしみじみと言いました。「目も見えないし、足も不自由なのに、私なんかの何倍も、世界に貢献《こうけん》しておられる。それでいて、茶目っ気たっぷりだ」

「ちょっと見せてもらっていいですか」

あっちゃんこのお母さんは、おじいさんから小型コンピュータを受けとると、その使い方を教えてもらいながら、画面の記事を注意深く読みました。そして、記事を読んでいるあいだ、その内容が気になったのもさることながら、不思議の国の小型コンピュータの操作性のよさに驚《おどろ》いていました。

それは、なによりも人間の手のひらによくフィットし、手の指を使った操作方法は直観的で、しかも、画面に現れるボタンなどのインタフェースをさわると、実際に触感《しょっかん》が変わっていることがわかるのです。指で画面上のボタンを押《お》せば、ボタンが押《お》しこまれていく感覚が、指にもどってきます。あっちゃんこのお母さんは、このような進んだ技術が実際に街で人びとが使えるレベルになっているとは、想像だにしていませんでした。

「このコンピュータは、いくらで買えるのですか?」

あっちゃんこのお母さんは、お金を持っていないのも忘れて、スットコホルム氏の誘拐《ゆうかい》事件のニュースを追うために、同じ型のコンピュータがほしいと思ったのかもしれません。ケンチャがインターネットでニュースを検索《けんさく》すればよいだけなのですが、とっさのことで、頭がいろいろと混乱していました。

「買ったというか、借りているようなものだが」おじいさんは、しばらく何かを思い出そうとしているようでした。「そうだね、昔話十回分くらいかな?」

おじいさんがそう説明するのを、あっちゃんこのお母さんは何かの比喩《ひゆ》だと思いました。

真ん中銀行の出現

あっちゃんこのお母さんとケンチャは、電車を乗りかえるために、一度、駅の外に出ました。スットコホルム氏の誘拐《ゆうかい》事件のことも気になりますし、早く研究所に向かいたいところですが、ケンチャは、電車にゆられているあいだに、さらに具合が悪くなったので、ケンチャ3号(脚《あし》の部分)を切り離《はな》してベンチに腰《こし》かけ、しばらくスリープ状態になることにしました。あっちゃんこのお母さんも、これまでケンチャを支えながら歩いてきて疲《つか》れたので、少し休むことにしました。

すると、向こうのほうから、なにやら騒《さわ》がしい声が聞こえてきました。あっちゃんこのお母さんが声のほうを見ると、石造りのものものしい建物がありました。その建物の玄関《げんかん》には、大きく「真ん中銀行」と書かれていました。

夜行バスの車掌《しゃしょう》さんから、不思議の国には銀行がないと聞いたのは、つい夕べのことでした。そうでなくても、お母さんは、あっちゃんこたちの冒険《ぼうけん》話から、不思議の国では、インターネットと同じように、真ん中はがんばらないものだと聞いていました。首都もなく、学校もなく、交差点には信号もなく、あらゆる面で自律と分散を重んじる社会がつくられていると聞いていたのです。

そんな、真ん中ががんばらない不思議の国に、銀行でなくても「真ん中」がつく名前のものがあるなんて、ちょっと奇妙《きみょう》です。

「だから、銀行があること自体がおかしいってば」

建物の玄関《げんかん》のまえでは、銀行の制服を着た行員とおばあさんが、何か口論しているようでした。あっちゃんこのお母さんは、気になって、真ん中銀行の建物のほうへ歩いていきました。

「銀行に口座をつくるのです。そうすれば、利息が手に入るのです！」

「興味ないわ」

「では、わが銀行からお金を借りてください」

おばあさんは、もううんざりという顔をしています。

「借金をして、その利子のために働くのはごめんなの。そのためにわたしは、不思議の国に引っ越《こ》したんだからさ」

「いいから口座をつくれよ！」

行員は声を荒《あら》げましたが、あっちゃんこのお母さんをふくめ、人びとが集まってくるのを見て、よい宣伝になると考えたのでしょう、口調を改めてしゃべりだしました。

「考えてもみてください。銀行にお金を集中させることで、莫大《ばくだい》な資産を運用できるのです。お金は無限に増えていきます。信用創造を使って！」

行員は大げさな身振《みぶ》りをしながら、遠くを見つめました。

■「信用創造でもっと豊かに！」

行員の説明によると、信用創造の仕組みというのは、こうです。

1―銀行は、おおぜいの預金者からお金を預ります。

2―預金をすぐに払《はら》いもどす人もいますが、長いあいだ預けっぱなしの人もいます。銀行にある預金の全部が一度に払《はら》いもどされることは、まずありません。そこで、銀行は、預ったお金の一部だけをとっておいて、残りを企業《きぎょう》に貸し出します。

3―企業《きぎょう》に貸し出されたお金は、その企業《きぎょう》の取引先への支払《しはら》いに使われます。

4―支払《しはら》いを受けとった取引先は、そのお金を銀行に預けます。そして、2にもどります。

どんどんこれをくり返していくと、帳面の上ではお金が新しく生みだされ、銀行が持つとされるお金が増えていくのです。それに加え、企業《きぎょう》は銀行に借金の利子を払《はら》わなければならないので、ますますお金は増えていきます。

「でも、お金は無限には増えないだろう」行員の話を聞いていたおじいさんが、諭《さと》すように言いました。

「紙幣《しへい》は印刷物なので、刷れば無限に増えます。それに、いまやお金は、コンピュータのなかの数字にすぎないのです。数字は、どんどん大きくしていけばよい。数の世界に果てはありません」

「たしかに、お金が増えると、買えるものが増えるから、いいよね」

行員の話を聞いていた若者が言いました。行員は、わが意を得たり、と得意顔です。

「お金が増えるのはよいことではないよ」おじいさんが言いました。「お金というのは、負債《ふさい》の表現だよ。負債《ふさい》が増えることがよいことかね？」

「お金が負債《ふさい》の表現？　どういうことですか？」

若者は、おじいさんの言葉に合点《がてん》がいかないようです。

「この行員さんの説明をよく思い出してごらん。増えたとされるお金の正体はなんだね？」

「預金ですよね」

「途中《とちゅう》で何かが預金に化けているんだ」

「……あ」

たしかに、行員の説明による信用創造の仕組みをよく読み解いていけば、増えたとされるお金の正体は、じつは借金です。

「いや、お金が増えることはよいことです。増えたお金を使って、新しい産業を興《おこ》すことができます。われわれの生活を、どんどん、かぎりなく、もっと豊かに改善していくことができるのです」行員は得意気になって、大げさに両手を広げ、空を見上げました。「もっと豊かに！」

行員の話を聞きながら、あっちゃんこのお母さんは、不思議の国に来る途中《とちゅう》、虹《にじ》色のトンネルのなかで見た光景を思い出していました。地球の歴史です。

「そんなこと、ありえないわ」

あっちゃんこのお母さんは、反論を開始しました。

「人間圏《けん》が無限に成長していくことを前提にしているみたいだけど、無理よ」

「なんだ、おまえは」

あっちゃんこのお母さんは、簡単に地球の歴史を引用しながら話を進めました。

産業革命よりまえ、人間は、太陽から地球に降りそそぐ光のエネルギーをそのまま利用した生活をしていました。たとえば、太陽からの熱によって生まれた水の循環《じゅんかん》を使い、かつ太陽からの光を受けて光合成をして育つ植物を利用する農業や林業、そして、植物プランクトンから始まる食物連鎖《れんさ》のなかにある魚を利用する漁業といった活動にもとづく暮らしです。地球上での人間の活動をすべてふくんだ範囲《はんい》である人間圏《けん》もふくめた、地球というシステムを動かしている力は、自然の側にありました。人間圏《けん》の大きさは、それによって決まっていたのです。

ところが、人間が、地下に埋《う》まっている資源、すなわち、石炭、石油、天然ガスなどの化石燃料をエネルギー源として使うようになって、状況《じょうきょう》は一変しました。人間は、みずから物質やエネルギーの流れをつくりだすようになったのです。システムを動かす力は、人間の側にあるので、成長したければ、欲望のおもむくままに、使うエネルギーの量を増やしていけばよいことになりました。そして人間圏《けん》は拡大していきました。

「それのどこが悪い」

行員は、なにかとあっちゃんこのお母さんの話に口をはさもうとしてきます。

「あんた、人の話は最後まで聞くもんだよ！」

最初に行員にからまれていたおばあさんが、強い調子で行員を叱《しか》りつけたので、あっちゃんこのお母さんは続きを話すことができました。

「でも、地球との調和を無視して、人間圏《けん》が無限に拡大していくことはできません。化石燃料に限りがあるということもありますが、ほかのエネルギー源に移行したとしても、地球の上での人間圏《けん》の広がりには限度があります」

あっちゃんこのお母さんは、こう説明しました。

人間圏《けん》が大きくなると、その活動が、地球のほかの部分におよぼす影響《えいきょう》もそれだけ大きくなります。いわゆる環境《かんきょう》問題です。環境《かんきょう》問題が大きくなると、人間は生きていけなくなります。よく「地球にやさしく」などといいますが、あれは実際には「人間にやさしく」しているのであって、ふつうに生活していて、人間にやさしく過ごせる程度の規模の人間圏《けん》でなければ、地球の上ではうまくやっていけないのです。

人間圏《けん》が無限に成長していけるように思えたのは、それだけの急激な成長を、地球というシステムが受けとめることのできた期間、地球の歴史から考えたら、ほんの一瞬《いっしゅん》です。人類の歴史にとっても、まばたきほどの短いあいだ、つまり二十世紀という、人口と、掘《ほ》りだせる化石燃料とのあいだに、とても特殊《とくしゅ》な条件が当てはまっていた時代だけの話なのです。

あっちゃんこのお母さんが、地球の歴史と、人間の文明の進歩を重ねあわせて説明すると、つぎつぎと、納得する人びとが現れました。

「そうだそうだ！」

「無限の成長はありえない！」

「無理だ！」

なかには、興奮してしまったのか、こんなことを口走る人まで現れました。

「そうだ！　私も地球の歴史を見た。そのとおりだ！」

■ロイスおばあさんの体験

「この人の言うとおりなんだよ」

最初に行員にからまれていたおばあさんは、自分の生まれ故郷の話だとまえおきして、お話を始めました。

その漁村は、湖のほとりにある平和な村でした。人びとは、日々《ひび》、必要な分だけの魚をとり、自分たちで食べたり、近所の村で売ったりしていました。ところがある日、その村に紙幣《しへい》がやってきました。銀行もいっしょにやってきて、しきりに借金を勧《すす》めるので、漁師たちは大きな船を買い、効率のよい漁法をとりいれて、たくさん魚をとるようになりました。そして、新しい保存方法を採用して、とった魚を遠くまで運んで売るようになりました。借金を、利子をつけて返すためには、どんどん儲《もう》ける必要があったのです。

対岸の村の漁師たちも、ぼやぼやしていられないので、より大きな船と、より効率のよい漁法によって、より速く、より多くの魚をとることに努めました。どの漁師も、自分たちの生活を守るために、競争に勝つことに必死だったのです。湖はお金とちがって、だれのものでもなかったので、だれも真剣《しんけん》に湖の魚の数のことを考える人はいませんでした。

「そしてついに、湖から魚は一匹《ぴき》もいなくなってしまったのさ」

みんな、おばあさんの言うことを黙《だま》って聞いていました。

形勢が悪くなった行員は、あとずさりを始めました。

「おぼえてろよ！」

そして捨てゼリフを吐《は》いて、建物のなかへもどっていきました。

騒《さわ》ぎがおさまったので、人びとは散っていき、あっちゃんこのお母さんとおばあさんだけが残りました。

「おばあさんは漁村の出身だったんですね」

「あれは嘘《うそ》だよ」おばあさんはケロッとして言いました。「本当の話ではあるのだけれど、私が体験したことではなくて、**ビンズヴァンガーという学者の本**で読んだことを説明しただけなのさ。いくら私でも、生まれたときにはすでに紙幣《しへい》はあったからね」

そして、こうもつけ加えました。

「私が体験したのは、もっとひどい話だよ」おばあさんは、静かに言いました。「女として売ってはいけないものを、売ってしまったのさ」

あっちゃんこのお母さんは、それ以上は詮索《せんさく》しないことにしました。

「それにしても、妙《みょう》なことが始まったね」

ロイスと名乗るおばあさんは、あっちゃんこのお母さんが外国から来たことを知ると、最近、不思議の国で起こっている奇妙《きみょう》な出来事について話してくれました。

不思議の国では、いろいろな決まりごとを、「不思議の国フォーラム」という、インターネットを使ってだれもが参加できる「**連**《れん》」で議論をすることにより決めているのだといいます。おばあさんもいくつかのフォーラムに参加しているのですが、毎月の国歌を決める「国歌フォーラム」に、「真ん中讃歌《さんか》」という題名のへんな歌詞が投稿《とうこう》されたというのです。

それは、こんな歌詞でした。

ヘイヘイヘイ、オレたちゃ真ん中
ヘイヘイヘイ、真ん中がんばる

好きなもの、好きなもの、真ん中つまったけろんぱん
嫌《きら》いなもの、嫌《きら》いなもの、真ん中穴あきドーナッさ

穴《アナーキー》あきなやつらをぶっとばせ
踊《おど》るぜ歌おう
ど真ん中にまかせよう

ヘイヘイヘイ、オレたちゃ真ん中
ヘイヘイヘイ、真ん中がんばる

……

けろんぱんというのは、あっちゃんこも大好きな、カエルの形をした菓子《かし》パンです。
「もちろん、だれも相手にしなかったんだけどね……。気味が悪いね、あの歌詞にしても、この『真ん中銀行』にしてもさ」

どうやら、不思議の国に真ん中ががんばる仕組みをとり入れようという、不穏《ふおん》な動きがあるようだと、ロイスおばあさんは考えていました。

絵本を探して

そのころヘルムートの家では、みんなが朝食を食べながら、これからのことを相談していました。ヘルムートは、あっちゃんこからくわしく話を聞くうちに、あっちゃんこの家族のゆくえを探すための、何かヒントを見つけたようです。

「すると、絵本はスットコホルム氏からもらったものなんだね」

「うん、そうだよ。スットコおじいさんが、あっちゃんこに、ってくれたんだよ」

そして虹《にじ》色のトンネルのなかで、絵本はパピーちゃんといっしょに遠くにいってしまったのです。

ヘルムートは、リビングのテーブルの上のディスプレイ・モニタを引きよせて、画面を指でたたきました。

「もしかしたら、パピーちゃんのいる場所がわかるかもしれないよ」

「ほんとう!?」

不思議の国では、あらゆるものにＲＦＩＤ《アールエフアイディー》タグが付いていて、それが何であるか、インターネットからわかるようになっています。そのことを使って、ある物の動きをずっと追いかけていくこともできます。たとえば、ヘルムートの家は農業を営んでいますが、この仕組みを使うと、八百屋さんにおかれているトマトが、ヘルムートの家の農園でとれたものであることや、どんなふうに栽培《さいばい》され、どこをどう運ばれて、その八百屋さんに到着《とうちゃく》したのかがわかるのです。それにより、不思議の国ではみんなが安心して買いものができるようになっているのだといいます。

このようなことは、原理的には、商品だけでなく、人びとの持ちものについてもおこなえます。しかし、むやみにそれを許すとプライバシーの侵害《しんがい》になってしまうので、ふだんは、人びとの持ちもののゆくえは追いかけられないようにしているのだと、ヘルムートは説明しました。

「暗号を使って、秘密にしているんだ」

暗号と聞いて、あっちゃんこは一年まえのことを思い出しました。

「それ、知ってるよ。あっちゃんこロボの話だよ」

「あっちゃんこロボ？」

一年まえ、あっちゃんこたち三人組が不思議の国を訪れたとき、スットコホルム氏のいたずらで、あっちゃんこにそっくりのロボットと、あっちゃんこが、すりかわってしまったことがありました。インターネットの世界で言えば、なりすましです。そのことをとおして、あっちゃんこたちは、暗号について学んだのです。

あっちゃんこロボは、あっちゃんこが秘密の言葉を言ったり、秘密のしぐさをしたりしても、すぐにそれをそっくりに真似してしまいます。

「あっちゃんこロボは、万能《ばんのう》モノマネ機械だよ」

スットコホルム氏が、あっちゃんこロボのことをそう説明していたことを、あっちゃんこは思い出しました。

「万能モノマネ機械？」

「なんかへん？」

「万能モノマネ機械というのは、コンピュータのことだよ。ぼくはそう教わったよ」

コンピュータは、ソフトウェアをインストールして動かすことで、ワードプロセッサになったり、楽器になったり、テレビになったり、電話になったり、メールを届ける郵便システムになったり、いろいろなものになれます。また、大気の動きをコンピュータのなかで真似ることで、天気予報ができたりします。だから、なんでも真似できる万能モノマネ機械なのだとヘルムートは説明しました。

「あっちゃんこロボが万能モノマネ機械だったら、あっちゃんこ以外のだれでもモノマネできるのかもしれないね」

ヘルムートは、まえに映画で観た、液体金属でできていて何にでも変身できるロボットのことを思い出していました。

「あっちゃんこロボがだれかになりすましても、おおやけの鍵《かぎ》と秘密の鍵《かぎ》でわかるよ」あっちゃんこは、すましてそう言いました。

「公開鍵《かぎ》暗号だね！」ヘルムートはびっくりして言いました。「あっちゃんこは、ちっちゃいのによく知っているんだね」

ヘルムートは、話をもとにもどすことにしました。

「人の持ちもののゆくえは、ふだんは追いかけられないようにしているんだけど、でも、落としものだったり、盗《ぬす》まれたものだったり、そして今回のように誘拐《ゆうかい》事件が発生したりしたときは、例外的に、人の持ちものについてもこの機能が公開されて、みんなが物のゆくえを探せるようにしているんだ」

あっちゃんこの絵本は、スットコホルム氏からもらったものなので、不思議の国のなかでは、最後の持ち主はスットコホルム氏でした。ですので、いまでもスットコホルム氏の持ちものとして登録されている可能性がありました。それがスットコホルム氏の家からなくなっていれば、氏の車イスなどと同じように、インターネットからゆくえを探せるようになっているかもしれないと、ヘルムートは考えたのです。

ヘルムートが、コンピュータを操作してスットコホルム氏の持ちもののリストのなかを探すと、つぎの項目《こうもく》が画面に現れました。

8000.6aa6.fc00.0001　〝インターネットの不思議、探検隊！〟絵本.

やっぱり、絵本はまだスットコホルム氏が持っていることになっていたのです。

ヘルムートが操作すると、コンピュータの画面に、フナン・シティの地図が現れました。

「パピーちゃんは街にいるよ！」

正確には、パピーちゃんといっしょに遠くに行ってしまった絵本が、街のなかを移動していることがわかったのです。コンピュータの画面に映しだされた地図は、その移動の軌跡《きせき》をとらえていました。

「んがも！」

ただし、フナン地区の自警団も同じ情報にアクセスできるはずなので、絵本は彼《かれ》らに回収されて、運ばれている途中《とちゅう》だという可能性もあります。でも、ヘルムートとあっちゃんこは、きっとパピーちゃんが絵本を運んでいるのだと確信していました。そう思ったのは、絵本がしばらく、商店街のドッグフード屋さんのなかにとどまっていたことがわかったからです。

もしかしたら、あっちゃんこのお母さんとケンチャも、同じようにパピーちゃんを追いかけることができることに気づいて、行動を起こしているかもしれないと、ヘルムートは考えました。

「よし、あっちゃんこ、パピーちゃんを探しにいこう！」

あっちゃんこは興奮して、イスから飛びあがって喜びました。

「ねぇ、いいでしょ？　お父さん、お母さん」

ヘルムートのお父さんとお母さんは、たがいの顔を見合わせて、うなずきました。不思議の国には決まった学校はないので、学校のことを心配する必要はありませんし、こどもたちが社会のなかで探検したり、冒険《ぼうけん》したりすることは、みんなが奨励《しょうれい》しています。そしてなによりも、あっちゃんこの助けになることなのですから、だめだという理由はありませんでした。

「電車に乗っていくの？」

　あっちゃんこは、ヒュルルン駅からポンポコ駅に向かう、一年まえの電車の旅を思い出していました。電車の乗りかえと、インターネットで通信がおこなわれる仕組みは、そっくりなのでした。

「このあたりには、バスも電車も通ってないよ。でも、だいじょうぶだよ。ヒッチハイクして行くんだ」

　あっちゃんことヘルムートは、家の外に出ました。そして、ヘルムートが小型コンピュータを操作すると、しばらくして、叔父《おじ》さんの車とそっくりな自動車が通りがかって、ふたりのまえで停まりました。

「こんにちは。私はナンよ」

　運転席のドアを開けて、若い女の人が顔を見せました。

「ぼくはヘルムートです」

「あっちゃんこは、んーと、あっちゃんこだよ」

　ナンと名乗る女の人は、車のナビゲーション・システムの画面をちらりと見て言いました。

「フナン・シティまでね。ポート・リバティまでだけど、いい？」

　そこから先は電車に乗っていくことができます。ヘルムートとあっちゃんこは、お礼を言って車に乗りこみました。

「お姉さん、もしかして、あっちゃんこロボ？」

　あっちゃんこは、あっちゃんこロボが万能モノマネ機械だったら、あっちゃんこ以外のだれでもモノマネできるのかもしれないというヘルムートの言葉が気になっていたので、聞いてみました。

「あっちゃんこロボ？　なにそれ」ナンは笑っています。

「ちがうよ、あっちゃんこ」ヘルムートが説明しました。「この人は洋服屋さんだよ。そして、ぼくのお母さんの知りあいなんだ。ぼくは会うのが初めてだけど、お母さんのデジタル署名で、この人の公開鍵《かぎ》、つまり、おおやけの鍵《かぎ》が本物だということがわかるんだよ」

「そうよ、ヘルムートのお母さんは、私の洋服屋のお客さん。そして私は、ヘルムートの家の農園でとれる野菜を食べているの」ナンは車をスタートさせました。「ヘルムートのご両親も、ヘルムートが街に出かけるのに、知らない人の車に乗せるのは不安でしょ？　だから、知りあいのネットワークを使っているの」

あっちゃんこは、不思議の国では、相手がだれか、ちゃんとわかる仕組みになっていると知って、このつぎからは、だれかに会っても、相手があっちゃんこロボかどうかは聞かないことにしました。

出発してほどなく、ナンの車のナビゲーション・システムの画像が突然《とつぜん》きりかわりました。そこに映ったのは、サングラスをかけて、黒いスーツを着て、黒い帽子《ぼうし》をかぶった男の姿でした。

「この映像は、われわれがアクセス可能なすべてのディスプレイに対して送られている。この映像は、われわれがアクセス可能なすべてのディスプレイに対して送られている」

男はそこで、これから話すことがいかにも重要だと言わんばかりに、ひと呼吸おきました。そして、おもむろにふたたび口を開くと、こう言いました。

「スットコホルム氏の身柄《みがら》は、われわれ『真ん中団』が預かっている」

男はくり返しました。

「スットコホルム氏の身柄《みがら》は、われわれ『真ん中団』が預かっている」

第4章

真ん中団の野望

団長マナカ登場

ここは、真ん中団の秘密基地。アクセス可能なすべてのディスプレイに送ったゲリラ的な放送のなかで、スットコホルム氏の身柄《みがら》を拘束《こうそく》していること、誘拐《ゆうかい》の目的、真ん中団の信条などを話しおわった男は、満足げな面持ちで通路を歩いていました。

男はやがて、ある部屋のまえで立ちどまり、ドアに開くように言いました。

ドアが自動的に開くと、そこには、電動車イスから降ろされ、ふつうのイスに腰《こし》かけさせられた、スットコホルム氏の姿がありました。氏が、ものを読んだり、何かを操作するときに使う左手の手袋《てぶくろ》、点字グローブもはずされています。

足音をたよりに、スットコホルム氏は丸いサングラスをかけた顔を男のほうに向けると、おだやかに言いました。

「マナカか」

マナカと呼ばれた男は、それには答えず、部屋の壁《かべ》のパネルで、設定されている室温を確認しました。

そこに、黒いスーツを着た小柄《こがら》な太った男が、お菓子《かし》屋の袋《ふくろ》を持って走ってきました。

「親分、甘《あま》いもの買ってきました」

「バカヤロウ、団長と呼べ。バカヤロウ、団長と呼ぶんだ」

「すみません、おやぶ……いや、団長」

子分らしき男は、あわててあやまりながら、マナカに袋《ふくろ》を差しだしました。マナカは袋《ふくろ》の中身を見ると、ふたたび子分をどなりつけました。

「オ、オレにドーナツを食わせる気か！　オ、オレにドーナツを食わせる気か！」

マナカは甘《あま》いものが好きでしたが、いくら甘《あま》いものが好きだといっても、真ん中団の団長として、真ん中がないドーナツを食べるわけにはいかなかったのです。

「けろんぱんを買ってこい、けろんぱんを買ってくるんだ」

「すみません、探したんですけど、このあたりには売ってませんで……」

すると、スットコホルム氏が手をのばして言いました。

「私が食べてもいいかな」

「ん、いいとも。ん、いいともさ」

マナカは、スットコホルム氏が落さないように、慎重《しんちょう》にドーナツの袋《ふくろ》を手渡《てわた》しました。

「食べもの、足りなかったか？　食べもの、足りなかったのか？」

「いや、私はこれが好物でね。しかし……」

マナカにはなんでも二回言うクセがあるので、いいかげん、いやになったのでしょう。スットコホルム氏はため息がちにこう言いました。

「くどい」

そこで、スットコホルム氏がドーナツを食べているあいだ、マナカと子分とのあいだで相談がおこなわれました。その結果、とりあえずこういう方法で話しあいを進めることになりました。マナカが早口で子分の耳もとで何かを二度ささやくと、それを子分が一度だけ、スットコホルム氏に対して伝えるのです。

「おやぶ……いや、団長は、フナン・シティはわれわれ真ん中団の手中に落ちたと言っています」

「わかったから、茶を一杯《ばい》、くれないか」

スットコホルム氏は落ち着いたようすで、そう言いました。

■ポート・リバティ陥落《かんらく》

ゲリラ放送でマナカのメッセージを聞いた不思議の国の人びとの反応はさまざまでした。この問題に強い関心をもつ人びとが（それは、結局のところ不思議の国の国民の大部分でしたが）、地域ごとにインターネット上の「不思議の国フォーラム」に集い、対策の話しあいを始めました。

マナカが何でも二回言うのでかえってわかりづらいという面もあったのですが、みんなで整理してみると、真ん中団がスットコホルム氏の解放と引きかえに要求しているのは、つぎのことでした。

1―中央政府の設立
2―中央政府による知的財産の保護
3―知的財産のビジネス展開による国力の増強

これらのことは、ほかの国ではふつうにおこなわれていることです。しかし、真ん中団の主張は、真ん中団が中心となって中央政府をつくるというものでした。真ん中ががんばらない不思議の国に、真ん中ががんばる仕組みをとり入れようということに加え、不思議の国を乗っとろうというのですから、この要求は、不思議の国の人びとの心に響《ひび》くものではなかったのです。

しかし、スットコホルム氏は建国の父母のひとりで、いわば不思議の国の宝です。だれもが特別な感情を抱《いだ》いていましたし、そうでなかったとしても、人質の身の安全は第一に考えられなければなりません。

あっちゃんことヘルムートを乗せて、フナン・シティのバスターミナル、ポート・リバティに向かっているナンも、スットコホルム氏のファンのひとりで、今回の誘拐《ゆうかい》事件に強い関心を寄せていました。

「こどものころに読んだ、スットコホルム氏がお酒について書いたエッセイがとても面白くてね、おとなになったら、きっとお酒が好きな素敵な女性になろうと思ったの」

ナンの胸元には、中国の文字で「酒」と書かれた透明《とうめい》なペンダントが光っていました。

「けろんぱん食べる?」

あっちゃんこは、リュックからけろんぱんの袋《ふくろ》を取りだして、ナンのほうに差しだしました。マナカのゲリラ放送を聴《き》いてから、車のなかの雰囲気《ふんいき》が変だったので、あっちゃんこなりに気をつかったのかもしれません。

あっちゃんこはけろんぱんが大好きなのですが、いま、ちょっと不満に感じていることがありました。値段は同じなのですが、去年のものよりパンが小さくなっていることに、あっちゃんこは気づいていたのです。それは、あっちゃんこが去年よりも大きくなったからそう思うのではありませんでした。お母さんに聞いても、やっぱり、小さくなったというのです。けろんぱんの大きさは、自分のおなかの都合で決まっていると思っていたのに、なんだかわからないおとなの世界の事情によって、勝手に小さくされてしまったことに、あっちゃんこは憤慨《ふんがい》していました。

「ううん、でもありがとう、あっちゃんこ」

ナンはそう言ってから、ハッと息をのみ、ブレーキを踏《ふ》みました。ガクッという衝撃《しょうげき》とともに、みんなの体が前のほうにつんのめります。

「ごめん、だいじょうぶ?」

ナンは後部座席をふり返りましたが、ふたりとも、ちょっとびっくりしただけで、だいじょうぶのようでした。

何があったのだろう、とヘルムートとあっちゃんこがフロントガラスの向こうを見ると、ポート・リバティに向かう道がバリケードによって封鎖《ふうさ》されていました。

ポート・リバティの高層ビルのてっぺんには、真ん中に丸が描《えが》かれた旗がはためいていました。真ん中団の旗です。フナン・シティの交通の要《かなめ》のひとつであるポート・リバティを占拠《せんきょ》することで、交通の流れを分断し、この都市を、国の他の部分から孤立《こりつ》させようというのでしょう。真ん中団は、不思議の国の大都会、フナン・シティを乗っとるという実力行使に出はじめたのでした。

たぶん、ほかのターミナルも同じような攻撃《こうげき》にさらされているはずです。ナンは、不思議の国が大変な危機に直面していることを実感しました。

「ポート・リバティに行けないなら、フナン・コモンズに連れていってくれませんか」小型コンピュータの画面を見て、ヘルムートが言いました。「そこにいま、あっちゃんこの友だちがいるんです」

ナンはうなずいて、車をU《ユー》ターンさせました。

■真ん中団のねらい

真ん中団の秘密基地の一室では、マナカとスットコホルム氏のあいだで話しあいが始まっていました。

「私や私の仲間たちが発明した、ほかのすべての発明品と同様、あの技術については、すべて公開している。使うのは自由だ」

スットコホルム氏はお茶をすすりながら言いました。

「それでは金が儲《もう》からないのでね」子分が言いました。「と、団長は言っています」

「くだらない」スットコホルム氏は、あきれたように肩《かた》をすくめてみせました。「おそらく君は、私たちの発明に対して権利を主張して、その技術を使う人びとから使用料をとろうとでもいうのだろう。それは不思議の国の常識では考えられないことだ」

「『不思議の国の当たりまえは、みんなの不思議』かよ、と団長がつぶやきました」

マナカは、不思議の国の名前の由来となったスローガンを思い出していたのです。ほかの国から見たら、不思議な常識をもっているような国をつくるから、建国の父母たちは、この国を「不思議の国」と名づけたのです。

「私の母は、よく『働かざるもの食うべからず』と言っていた。君はそういう言葉があることを知っているかね」

「人類の資産たる貴重な発明を守るのは立派な労働だ、と団長は言っています」

「では、私の母がその言葉を発明して、私がその正当な相続人だと言って権利を主張したら、君は『働かざるもの食うべからず』と言うたびに、私に金を支払《しはら》うのかね」

「それは**フェアユース**の範囲《はんい》だろう、と団長は言っています」スットコホルム氏は少し笑いました。「では、なぜフェアユースという言葉を聞くとは思わなかった」

「フェアユースが必要なのかね」

「フェアユースがなければ、言論の自由が阻害《そがい》されるからだ、と団長は言っています」

マナカは続けて子分の耳元でささやきました。

「もちろん、われわれの目的は、発明の利用をコントロールすることにより人びとの自由を束縛《そくばく》することではない。不思議の国の産業の国際競争力を高めたいだけだ、と団長は言っています」

「不思議の国は、国際的に競争などしなくてもうまくやっていけると思うがね」

「話をもとにもどそう。あの技術に関する秘密をすべてわれわれに公開しろ、と団長は言っています」

「言ったとおり、あの技術に関する情報は、すべて公開している。だれもが自由に使うことができるのだ」

「だが不完全だと、団長は言っています」

「技術が？　情報の公開が？　技術については、そのとおりだ」

「そんなはずはない、何かを隠《かく》しているはずだ、と団長は言っています」

スットコホルム氏は、首を横にふりました。

「ちがう、あれは不完全な技術なのだ。そもそも、完全な技術など、この世には存在しない」

■フナン・コモンズで再会

ナンの車は、ポート・リバティを迂回《うかい》して、フナン・コモンズに向かって走っていました。

「フナン・コモンズというのは、広場だよ」ヘルムートはあっちゃんこに説明しました。「パピーちゃんはいま、フナン・コモンズにいるみたいなんだ」

フナン・コモンズは、フナン・シティでもっとも大きな広場でした。あっちゃんこは、もうすぐパピーちゃんにまた会えると思って、ワクワク、ドキドキしていました。

やがて、ナンの車は緑でいっぱいのフナン・コモンズに到着《とうちゃく》し、ヘルムートとあっちゃんこは車を降りました。ナンも車を降りて、ヘルムートとあっちゃんこのあとに付いていくことにしました。予定していたポート・リバティでの用事は、もはや果たせないし、事情を聞いてみると、このふたりのこどもたちには、だれかおとながついていて、助けてあげたほうがよいのではないかと思ったからです。

フナン・コモンズでは、人びとが思い思いの時間を過ごしていました。ふだんは、仕事の合い間に休憩《きゅうけい》をしたり、ピクニックを楽しんだりしている人たちが多いのですが、でも、いまは時が時です。ポート・リバティを占拠《せんきょ》した真ん中団の行為《こうい》を批判する歌を即興《そっきょう》でつくって歌っているロックバンドや、サツマという果物《くだもの》を運ぶのに使った木の箱の上に立って、今回のスットコホルム氏誘拐《ゆうかい》事件の解決に向けた対策を声高に論じる人もいました。

広場はみんなが共有している場所なので、他人の迷惑《めいわく》にならなければ、だれでも自由に、何の目的にでも使えるのです。

「こっちだよ！」

ヘルムートは小型コンピュータの画面に映る軌跡《きせき》をたよりに、石畳《いしだたみ》の道を走っていきました。あっちゃんことナンも、遅《おく》れないようにそのあとについていきます。やがて、角を曲がると、水飲み場でパピーちゃんが水を飲んでいるのが見えました。

「パピーちゃん！」

あっちゃんこの声に、パピーちゃんもすぐ気づきました。

「あっちゃんこ！」

ふたりはたがいに駆《か》けよると、抱《だ》きあって跳《と》びあがりました。パピーちゃんは激しくあっちゃんこにほほをすりよせたので、口のまわりについた水が、あっちゃんこのほほにつきました。

「きゃー冷たい！」

「ごめんなの。でもうれしいの」

あっちゃんことパピーちゃんは、やっと再会することができたのです。

そこに、絵本を持ったシモイーダが歩いてきました。

「こんにちは、私はシモイーダよ」

「シモイーダは、ボクを助けてくれたの」

スットコホルム氏があっちゃんこにくれた絵本も、ようやくあっちゃんこのもとに返ってきました。あっちゃんこは、もう、絵本を手放さないように、リュックのなかに大切にしまいました。

ねらわれた研究所

そのころ、あっちゃんこのお母さんとケンチャは、ようやく、スットコホルム研究所の入り口のところまで来ていました。「真ん中銀行」の一件で知りあったロイスおばあさんもいっしょです。ロイスおばあさんも、ナンがそうしたように、不思議の国に不慣れなあっちゃんこのお母さんとケンチャを助けるために、旅の道連れになったのでした。

■もうひとつの再会

あっちゃんこのお母さん、ケンチャ、ロイスおばあさんの三人が研究所に入ると、頭の上で、大きな地球のホログラムが回っているのが見えました。

「これは！」

あっちゃんこのお母さんは、その意外な光景に驚《おどろ》きました。そのホログラムは、地球の誕生から現代までの歴史を早送りで映しだしていたからです。研究所の入り口の高い天井《てんじょう》の下で、空中に浮《う》かんでいる地球のホログラムのわきには、やはり空中に浮《う》かんでいる看板のホログラムがあって、そこには大きな文字で「特別展示：地球の歴史」と書かれていました。

あっちゃんこ、ケンチャ、パピーちゃん、そしてあっちゃんこのお母さんが、黒い穴に飛びこんだあと、虹《にじ》色のトンネルのなかで見た地球は、スットコホルム研究所の入り口のホログラムだったのです。

ホログラムを見上げて呆然《あぜん》としているあっちゃんこのお母さんの隣《となり》では、ケンチャが目を回してフラフラしていました。そのようすに気づいて、不審《ふしん》に思ったのか、研究所の所員が近づいてきました。所員は、ケンチャを間近で見ると、びっくりして声をあげました。

「これは、Kinetic《キネティック》 Electronic《エレクトロニック》 Neurosensory《ニューロセンサリー》 Cybernetic《サイバネティック》 Heuristic《ヒューリスティック》 Analyzer《アナライザー》、すなわち、運動と電子的な神経知覚にもとづく人工頭脳による発見的分析《ぶんせき》機、通称《つうしょう》K.《ケ》E.《ン》N.C.《チ》H.《ャ》A.じゃないか！」所員は、向こうのほうにいる同僚《どうりょう》を呼びました。「おーい、ケンチャだぞ！」

そしてその所員は、あっちゃんこのお母さんを見て、さらにびっくりしました。

「あなたは、マリメッコさん！」

あっちゃんこのお母さんは微笑《ほほえ》みました。所員は、お母さんがスットコホルム氏の孫娘《まごむすめ》であることに気づいたのです。マリメッコは、あっちゃんこのお母さんのあだ名で、小さかったころのお母さんを見て、スットコホルム氏がつけたものです。お母さんはそのあだ名が気に入っていて、学生時代の友だちや、いまの職場の人たちにも、自分のことをマリメッコと呼んでもらっていました。

「ケンチャが壊《こわ》れてしまったみたいなの。治せるかしら」

「やってみましょう」

ケンチャは、ふたりの所員に抱《かか》えられて運ばれていきました。

■包囲された研究所

一方、フナン・コモンズでは、パピーちゃんと行動を共にしてきたパピーちゃんチーム（パピーちゃんとシモイーダ）と、あっちゃんこと行動を共にしてきたあっちゃんこチーム（あっちゃんこ、ヘルムート、ナン）が、たがいのこれまでのいきさつを教えあっていました。

そのとき、みんなの近くの公衆ディスプレイに、スットコホルム研究所の所員の姿が映しだされました。あっちゃんこのお母さんと会話を交わした、あの所員です。所員はシモイーダに話しかけ、あっちゃんこのお母さんとケンチャが研究所にやってきたことを告げました。

「わかったわ。すぐもどります」

シモイーダが答えると、公衆ディスプレイの映像は消えました。

「お姉さんは、スットコホルム研究所の人なの？」ヘルムートが聞きました。

「そうよ」シモイーダは笑みを浮《う》かべました。「これで全員そろうわ。スットコホルム研究所へ急ぎましょう」

みんなはナンの車に乗りこんで、スットコホルム研究所に向かいました。

車を運転していたナンは、すぐに異常に気づきました。同じ方向に向かう、黒い同型の車がたくさん走っていたのです。黒い車はスピードをあげて、つぎつぎとナンの車を追いこしていきました。それらの車の一台一台が、真ん中に丸が描《えが》かれた、真ん中団の旗を掲《かか》げていたのです。

うなりをあげる黒い車の群れは、スットコホルム研究所の建物の近くにくると、その周りをぐるりと回って停まり、研究所の周りをとりかこむかたちになりました。

スットコホルム研究所は、真ん中団に包囲されてしまったのです！

それに少し遅《おく》れて、みんなを乗せたナンの車がやってきました。ナンの車は、真ん中団の車と車のあいだの隙間《すきま》をぬって走り、研究所の入り口のまえに横づけしました。

車を降りたシモイーダとナンは、あっちゃんこ、ヘルムート、そしてパピーちゃんを連れて急いで研究所のなかに入りました。研究所のなかには、外のようすを心配げに眺《なが》めていたあっちゃんこのお母さんがいました。

「ママ！」

あっちゃんこはお母さんに飛びつきました。

「あっちゃん！　無事だったのね！　よくがんばったわね」

「ケンチャは？」

「いま、修理されているの」お母さんは、あっちゃんこにうちあけました。「ケンチャは、この研究所で生まれたのよ」

そのとき、近くで悲鳴があがりました。みんながその声のほうを見ると、スットコホルム研究所を見学にきていた女の人が、外のほうを指さして震《ふる》えていました。

ガラス張りの外壁《そとかべ》の向こうで、車から降りた真ん中団の団員たちが、ゆっくりとこちらに向かってくるのが見えました。団員たちは、そろいの黒いスーツを着て、マシンガンなどで武装しています。

「みなさん、落ちついてください！」

シモイーダのひと声で、スットコホルム研究所のなかが静まりかえりました。

「シェルターに避難《ひなん》しましょう」

シモイーダの指示にしたがって、研究所の所員や見学にきていた人たちは、秘密の通路を通って研究所の地下にあるシェルターに向かいました。あっちゃんこ、パピーちゃん、あっちゃんこのお母さん、ヘルムート、ナン、ロイスおばあさんもいっしょです。そして修理中のケンチャも、ベッドに載《の》せられて運ばれていきました。あっという間にだれもいなくなり、スットコホルム研究所のなかに、静寂《せいじゃく》が訪れました。

そしてそのあとすぐ、武装した真ん中団の団員たちが研究所のなかに入ってきました。

■シェルターで作戦会議

シェルターは、いざというときのために作戦を練ることができるように、会議室の機能をもっていました。シモイーダは、手ぎわよく機材をセッティングして、ホログラム装置と操作卓《コンソール》をそなえた円卓《えんたく》の周りにみんなを集めました。

作戦会議の司会を務めるシモイーダを見て、あっちゃんこのお母さんは、隣《となり》にいたあっちゃんこに聞きました。

「あの人はだれ？」

「シモイーダだよ。パピーちゃんを助けてくれたんだよ」

「シモイーダ？」

あっちゃんこのお母さんは、その名前に聞きおぼえがありました。

「私が理解している範囲《はんい》で、真ん中団がこの研究所をねらっている理由をご説明します」

シモイーダがそう言って機材を操作すると、**ワームホール**の仕組みを説明するグラフィックスが円卓《えんたく》の上にホログラムで映しだされました。シモイーダの説明によると、ワームホールは、時空の離《はな》れたふたつの点を結ぶトンネルのようなもので、リンゴの虫喰い穴《ワームホール》が語源だといいます。リンゴの表面をたどっていくと長い距離《きょり》でも、リンゴの中身を掘《ほ》ってつっきると近道できるように、空間にトンネルを掘《ほ》って近道をつくってしまうのがワームホールなのだといいます。

円卓《えんたく》の上のホログラムには、つぎに、具体的なワームホールのつくり方を説明する設計図のようなものが現れました。

「これが、スットコホルム氏が開発した時空トンネル、『スットコホール』です」

間のぬけた名前だったからでしょうか、みんなの反応が思わしくないのに気づいて、シモイーダはあわてて付けたしました。

「もちろん、それはニックネームです。正式名称《めいしょう》は、『底ぬけスットコホール』です」

研究所を見学にきていて、今回の事件に巻きこまれた何人かがズッコケました。

「スットコホルム氏は、アインシュタイン-ローゼンブリッジを自律的に維持《いじ》させる『底ぬけアインシュタイン製法』により、移動手段として用いることができるくらい大きく、安定したワームホールを開発することに成功したのです」

「むずかしいことはわからないけどさ、どうしてそれを使って逃《に》げださないんだい？」

ロイスおばあさんが聞きました。

「真ん中団は、おそらくそれをねらっているのだと思います」

シモイーダの説明によれば、スットコホールのつくり方は公開されているので、本当はだれでも自由に、その技術を用いることができるのだといいます。しかし、実際につくるのはとてもむずかしいので、真ん中団は、研究所で実際に製造されたスットコホール発生器《マシン》を奪《うば》って、技術を独占《どくせん》しようとしているらしいとのことでした。

「おそらく、世界的に燃料費が乱高下をくり返すなか、真ん中団は、画期的な移動手段としてのスットコホールの技術を独占《どくせん》し、お金もうけをしようとたくらんでいるのではないでしょうか」それから、シモイーダは謎《なぞ》めいたことを口にしました。「もちろん、彼《かれ》らは勘《かん》ちがいをしているわけですけど……」

「命を奪《うば》われるよりは、技術を奪《うば》われたほうがいいんじゃないか？　逃《に》げるが勝ちと言うし」研究所を見学にきていたらしい男の人が指摘《してき》しました。

「じつのところ、ここでスットコホールをつくって、それを通って逃《に》げるのが一番だと私も思うのですが、真ん中団の侵略行為《しんりゃくこうい》の影響《えいきょう》で、発生器《マシン》の出力が上がらないのです。このあいだも、途中《とちゅう》で出力が下がってしまって……。小さめな出力でできることもあるのですけれど、それはあとでお見せしますね」

シモイーダは所員のひとりに何かをお願いしました。所員はうなずくと、コンピュータの操作を始めました。

「それと、もうひとつ問題があって、スットコホールはケンチャの回路と干渉《かんしょう》してしまうのです。現在のスットコホールの技術では、電子回路をふくむ物体を通すときに問題があります。回路によっては、壊《こわ》れてしまうときがあるのです」

みんなは知る由《よし》もありませんでしたが、それが、マナカとスットコホルム氏が話していた、この技術の不完全な点でした。

あっちゃんこのお母さんは、シモイーダの説明を聞いて、あの黒い穴の正体がスットコホールだったことを察していました。一年まえ、あっちゃんこ、ケンチャ、パピーちゃんの三人組が不思議の国に来たのは、おそらくスットコホルム氏のいたずらだったのでしょう。そのときは、ケンチャのGPS《ジーピーエス》装置が故障しました。それでは、今回、みんなを不思議の国に呼んだのは、何が目的だったのでしょうか。

シェルターの片隅《かたすみ》では、研究員たちによるケンチャの修理が黙々《もくもく》と続けられています。

「そうだ、ケンチャに活躍《かつやく》してもらいましょう」

シモイーダは、すばやくキーをたたくと、作戦の計画をまとめあげ、ホログラムとして映しだしました。

「作戦を提案します」

そのころ、真ん中団の秘密基地では、マナカとスットコホルム氏の議論が続いていました。

コモンズの悲劇

「人類の共有財産は、コントロールされるべきだ、と団長は言っています」

マナカは、子分の口をかりて、すべての人に開かれた放牧地の例で説明しました。

共有地を使う牧場主は、自分が所有する牛の群れに、牛を一頭増やすべきだろうかと考えます。牛を増やすことでその人は利益を得ますが、放牧地に生えている草には限りがあるので、ほかのみんなは、そのぶん不足する草に苦しむことになります。牧場主は、でも、苦しみはほかの人が負担するのだから、自分の身は痛まず、どんどん牛を追加してもよいと判断します。

共有地を利用する各人が自分の最大利益を追求したとすれば、先を争って資源を消費し、荒廃《こうはい》に向かってまっしぐらにつき進むことになります。

この話は、「真ん中銀行」のまえでロイスおばあさんが話した漁村の話にそっくりでしたが、マナカもスットコホルム氏も、そのいきさつを知りませんでした。

「**共有地《コモンズ》の悲劇**か」

マナカが子分の口をかりて説明した例は、生物学者ギャレット・ハーディンが一九六八年に雑誌に寄《き》稿《こう》した有名な例でした。

「その悲劇は、自然が提供する資源の大きさと回復力に比較《ひかく》して、人間圏《けん》が十分に小さければ起きない。ふつうは、コモンズを使う人びとに、自分の利益をとことん追求するという動機づけはないのだ。その話は、現代の資本主義の経済が前提になっている。人びとにとっての価値を、お金を唯一《ゆいいつ》の尺度として測るからそういうことになるのだ」

ロイスおばあさんが話した漁村の話でも、紙幣《しへい》がやってくるまでは湖は平和だったといいますし、フナン・コモンズでも、人びとが先を争って場所を確保しているようなようすはありませんでした。場所には余裕《よゆう》がありますし、人びとは、そのなかでさらに場所をゆずりあって、交替《こうたい》しながら使っていたのです。フナン・シティのなかでは、コモンズと聞いて悲劇を連想するような人はまれでした。

「また、人間が考えるアイデアが、利用をコントロールされるべき財産だとは思えない」

スットコホルム氏は、アメリカ合衆国の大統領だったトマス・ジェファソンの、**特許についての考え**を簡単にまとめて説明しました。

1―アイデアは、黙《だま》っているかぎり、独占《どくせん》的に所有できる。でも、ひとたびそれが表現されると、みんなに伝わり、みんなが所有することになる。そして、一度所有したアイデアを所有しなくなることはできない。

2―ほかの人にアイデアを伝えることで、自分にとって、そのアイデアが少なくなったりはしない。

3―アイデアは、空気と同じように、独占《どくせん》することができない仕組みになっていて、伝わることでみんなの役に立てるようになっている。それが自然の姿である。

4―したがって、発明に対しては、少なくとも政府が存在しない自然な状態では、財産権を主張できない。

そして、不思議の国は、まさに政府が存在しない状態をつくりだしていたのです。

それに対して、マナカはつぎのように反論しました。

「しかし、みんなに勝手に使われてしまうのでは、発明家はアイデアを生みだす気にもならないだろう。アイデアを保護することで、つぎつぎと新しいアイデアが生みだされるような世界をつくれるのだ、と団長は言っています」

「利用を制限することが、アイデアが生みだされることを奨励《しょうれい》する唯一《ゆいいつ》の方法ではない。現に私の研究所では、利用は制限していないのに、つぎつぎと新しいアイデアが生みだされている。アイデアが自由に使えることが、みんなにとっての利益となるのだから、そこに制限をあたえるべきではない。そして、自分のアイデアが人びとの役に立っていることに喜びを感じられることにこそ、アイデアを生みだす動機づけは求められるべきなのだ」

スットコホルム氏はさらにこうつけ加えました。「そもそも、アイデアというものは、どんなに斬新《ざんしん》に見えても、すでにあるアイデアの組みあわせだ。すでにあるアイデアを自由に使えない世界では、新しいアイデアが生まれることもない」

「しかし、それでは金が儲《もう》からない、と団長は言っています」

しばらく、沈黙《ちんもく》の時間が流れました。

「マナカよ、君はミヒャエル・エンデの『モモ』を読んだことがあるか」

「もちろんだ、と団長は言っています」

「人びとが自由で創造的な生活を送ることをさまたげ、不当に人間圏《けん》の拡大をうながし、人びとを競争に没頭《ぼっとう》させ、本来の時間の使い方を失わせようとしている。マナカよ、君のしていることは、時間泥棒《どろぼう》そのものだ」

「ちがう！　と団長は言っています。人びとの労働時間を切り売りする、いまの不思議の国のやり方こそ、時間節約銀行と同じではないのか、と団長は言っています」

「NEO《ネオ》は人びとの時間を盗《ぬす》んだりしない」

耐《た》えきれなくなったのか、マナカはみずから声を荒《あら》げました。

「NEO《ネオ》はきらいだ。NEO《ネオ》はきらいなのだ！」

「マナカよ、君はなんでも二度言うが、同じものがふたつあれば、どちらも対等だ。そこには中心がない。おそらく、君の心には、いつも不安があるのだろう。その不安をうち消して、自分の主張に自信を感じたいがために、なんでも二度言うクセがついたのだと思うが、君は、君の中央集権的な主張を通そうとするあまり、かえって中心を失っているのだ」

スットコホルム氏はそして、マナカたち真ん中団の未来を見すかしたかのように、こう言いました。

「真ん中団は、真ん中を追求することで、やがて中心を失うだろう」

マナカは、形勢不利のように見えましたが、やがて笑みを浮《う》かべました。スットコホルム氏には見えませんでしたが、壁《かべ》に埋《う》めこまれたディスプレイに映った情報を読んだのです。

「われわれ真ん中団は、スットコホルム研究所を占拠《せんきょ》したぞ。われわれ真ん中団は、スットコホルム研究所を占拠《せんきょ》したんだ」

第5章

ミライ望遠鏡

未来を見つめる

スットコホルム研究所に侵入《しんにゅう》した真ん中団の武装集団は、研究所のなかをくまなく捜索《そうさく》しましたが、スットコホール発生器《マシン》も、地下シェルターへの秘密の入り口も、見つけることはできませんでした。

一方、そのころ、フナン・シティ郊外《こうがい》のヘルムートの家では、ヘルムートの両親が、リビングの壁《かべ》に埋《う》めこまれたディスプレイのまえで、スットコホルム研究所についてのニュース映像に、心配そうに見入っていました。それは、ビデオ・ジャーナリストのベッティーナが独自に始めたニュース中継《ちゅうけい》でした。ヘルムートの小型コンピュータから発せられた緊急《きんきゅう》信号により、彼《かれ》がスットコホルム研究所のなかにいることがわかったのです。

――ベッティーナです。スットコホルム研究所付近から中継《ちゅうけい》しています。真ん中団による研究所の包囲から、一時間がたとうとしています――

ベッティーナの声は、心なしか小さく、研究所を包囲している真ん中団の団員たちに気づかれないようにしているようすがうかがえました。彼女《かのじょ》の背後、遠くのほうに、研究所と、それを包囲している黒い車の群れが見えます。

――ご覧のように、スットコホルム研究所は包囲されていますし、ポート・リバティも武力により封鎖《ふうさ》されています。そのほかの施設《しせつ》でも、同様な事態が急激に進展しており、職場から締《し》めだされたり、職場にたどり着けないかたがたが、多数、出ているという情報が入っています。

人びとの自由を奪《うば》う、真ん中団のこのような侵略行為《しんりゃくこうい》は、断じて許されるべきではないと思います。彼《かれ》らはおそらく、スットコホルム研究所で発明された、さまざまな技術をはじめとする私たちの共有の資産を独占《どくせん》し、技術の使用に対して使用料を徴収《ちょうしゅう》したり、ポート・リバティのような公共の施設《しせつ》についても、使用を制限するなんらかの措置《そち》を講じたりしてくると考えられています。

このような状況《じょうきょう》のなかで、私は、これだけは言いたいのですが、著作権や特許や土地や、そしてお金のような、何かを所有する権利をもとに収入を得ることを許すという社会が、どれだけ世界を、地球を、破壊《はかい》してきたのか。私たち不思議の国の建国の父母たちが十年ほどまえに交わした議論を、いま一度、ぜひ、ふり返ってみてください。

とはいえ、私は、いまは真ん中団との無用な衝突《しょうとつ》は避《さ》け、みなさんにはご自宅に待機することをお勧《すす》めしますが、かりに、ご自宅も武力により占拠《せんきょ》されるような事態が発生した場合は——

そこでベッティーナは、驚《おどろ》いたように視線をカメラからそらしました。その瞬間《しゅんかん》、三脚《さんきゃく》で固定されているだろうビデオカメラが傾《かたむ》き、中継《ちゅうけい》の映像が乱れました。

ベッティーナは、カメラの向こう側にいるだれかと口論しているようです。

「勝手に放送なんて、けしからん」

真ん中団の団員と思われる声を最後に、中継《ちゅうけい》の映像はとだえ、ヘルムートの両親は、何も映っていないディスプレイをむなしく見つめていました。

そのとき、暗号化されたメールの着信を示す音楽が流れ、ヘルムートのお父さんが操作をすると、ディスプレイにヘルムートからのメッセージが表示されました。

お父さん、お母さん、

心配しないで。ぼくらは秘密の作戦で研究所を脱出《だっしゅつ》します。

それから、ぼくらの未来が、大変なことになっているらしいです。

——ヘルムート

■円卓《えんたく》の上の地球

スットコホルム研究所の地下シェルターで、ベッティーナによる中継《ちゅうけい》の映像を観ていたヘルムートが、心配しないように両親に暗号メールを送った少しまえ、おとなたちは、シモイーダが考えた作戦を成功させるために、それぞれ役割を分担して作業を始めていました。シモイーダの作戦は、突拍子《とっぴょうし》もないアイデアだったので、最初はみんな、賛成しかねていましたが、だれもほかに替《か》わる案を思いつけなかったので、とにかく最善をつくそうということになったのです。

そんななか、シモイーダは、ふたたび円卓《えんたく》の周りにみんなを招集しました。

「みなさん、ちょっとこっちに来てください」

みんなが集まると、何かもやもやしたものが円卓《えんたく》の上にホログラムで映しだされました。

「スットコホールは、ずっと弱い出力でも驚異《きょうい》的な能力を発揮できます。ですが、それは、移動手段としてではありません」シモイーダは言いました。「これは、スットコホールを時間方向に延長した『ミライ望遠鏡』です」

「ミライ望遠鏡?」

みんなが、それが何であるかを計りかねていると、さっき、逃《に》げるが勝ちであると指摘《してき》した男の人が、興味深げに身を乗りだしてきました。

「すごいな、未来を見ることができるというわけかい?」

「そのとおりです」シモイーダが答えました。

「タイムマシンなの？」ヘルムートが聞きました。

「いいえ。これは、のぞくだけで、未来には行けないの」

「未来が見られるだけでもすごいさ」

男の人は、期待に満ちた面持ちで、円卓《えんたく》の上のホログラムを見つめました。

「見てください。これが、三十年後の未来です」

シモイーダがそう言いながら何かを操作すると、ややもやとしたホログラムが、やがて地球の姿になりました。ですが、なんだか焦点《しょうてん》がさだまっていない感じです。

「なんだかぼやけているよ」

ヘルムートやあっちゃんこは、ホログラムをよく見ようと、円卓《えんたく》の縁《ふち》に手をかけて、上半身をぐっと前に押《お》しだして映像に顔を近づけました。でも、近づいてもやっぱり、ホログラムの立体映像は、ぼやけたままです。

「未来は、さまざまな可能性の重ねあわせなので、かなりブレて見えるの」

立体映像の地球は、どんどん大きくなっていきます。ミライ望遠鏡の視点が、どんどん地球に近づいているのです。

「そして、のぞく未来が近ければ近いほど、たとえば、明日のことをのぞこうとしたりすると、不確定な要素が大きくなって、何も見えなくなってしまうのよ」

身を乗りだしてホログラムを見ていた男の人は、なんだかがっかりしたようすになりました。

「近い未来のほうが、見えにくいって……」あっちゃんこのお母さんは不思議そうでした。「どういうことかしら。明日よりも一年後のほうが不確実ではなくて？」

「たとえば、五億年後の地球を映せば、かなりはっきりした姿が見えると思います」

シモイーダは説明しました。「そのころ、太陽の光はいまよりもかなり強烈《きょうれつ》になって、地表の温度は上がり、地球上からは生物が消えているでしょう。そのような大きな流れは確実ですが、そこにいたる細かな流れには、さまざまな可能性があり、不確実です」

シモイーダのかたわらでコンピュータを操作していた所員の男の人は、つぎのように補足しました。

「そして、明日とか、一時間後といったような、ひじょうに至近な未来をのぞこうとすると、いま、未来をのぞいているという事実の影響《えいきょう》が、未来に色濃《いろこ》く現れますので、それによるちがった未来の可能性が重ねあわされ、その新しい未来をのぞいているという事実の影響《えいきょう》がまた加わり、ぐるぐる回ってしまって、真っ白な映像になってしまうんです」

ミライ望遠鏡の視点はさらに地球に近づき、立体映像は、広く地表を映しだしていました。いくつもの独立した映像が重ねあわさっているのですが、傾向《けいこう》としては、ずいぶんと緑が失われ、砂漠《さばく》化が進んでいるのがわかります。

「赤外線を拾ってみましょう」

シモイーダが操作すると、地表の立体映像は瞬時《しゅんじ》に、サーモグラフィのような色あいになりました。

「地表の温度が上がっています。……温暖化は暴走を始めているようですね」

あっちゃんこのお母さんは、虹《にじ》色のトンネルのなかで、植物が二酸化炭素を吸収して地面に固定するので温室効果が抑《おさ》えられている、とケンチャが話していたのを思い出しました。

と、遠くのほうで、きわめて温度の高い何かが、いくつもはじけているようなようすが映りました。

シモイーダが映像をもどすと、それは爆発《ばくはつ》でした。空爆《くうばく》のようです。

「戦争なの？」ヘルムートが不安げに聞きました。

「残念だけど」シモイーダは、その問いにうなずくと、理由をこう分析《ぶんせき》しました。「おそらく、**ピークオイル**を、結局のところ、ほぼ無対策で迎《むか》えてしまったのね」

「『ピークオイル』って？」

「石油の生産量が下り坂に転じる点のことよ。そこに石油が埋《う》まっていることはわかっているのに、掘《ほ》るのがむずかしくなって、だんだん石油が使えなくなってしまうの」

「んがも！」

あっちゃんこが急に大きな声を出したからか、シモイーダは一瞬《いっしゅん》、びくりとしましたが、すぐに何かを思いついたようでした。

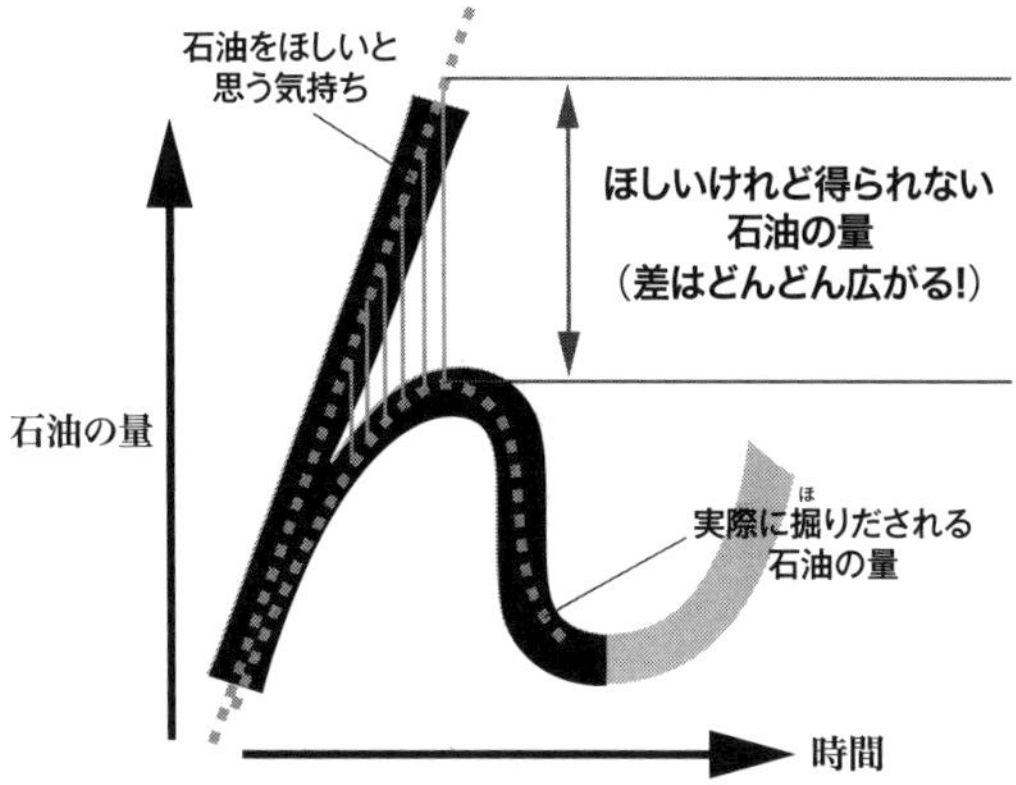

「ん」の字はハネますが、掘りだされる石油の量は、下り坂になったらもう上ることはないと予想されています。

「そう、ちょうど、日本語で『んがも』の『ん』の文字のようなのだけど……」

円卓《えんたく》の上に、ひらがなの「ん」の文字が大きく浮《う》かびあがりました。

「上に昇《のぼ》っていく線が、石油をほしいという人間の気持ち。でも、実際に掘《ほ》りだされる石油の量のほうは、どんどん深くを掘《ほ》っていったり、どんどん遠くに掘《ほ》りにいったりしなければならないので、石油をほしいという人間の気持ちには付いていけなくて、それどころか、ある時点から減っていくの。すると、石油をほしい気持ちと、実際の石油の量との差が、どんどん広がっていくことになるでしょう？」

あっちゃんこたちみんなはうなずきました。

「需要《じゅよう》に対して供給が少なければ、値段が高くなるわ。石油の値段は信じられないほど高くなって、石油に依存《いぞん》している人たちの生活は、めちゃくちゃになるでしょうね」

■希望はあるの？

ミライ望遠鏡の立体映像は、さらに地表に近づきました。

「食べるものさえ、ほかの多くの国では、石油がないとつくれないようになってしまっているでしょう？」

シモイーダにそう言われて、ヘルムートは、街の魚屋のおじさんからの授業で習ったことを思い出しました。ある国では、石油の値段が上がったからという理由で、燃料を燃やして進む漁船が漁に出られなくなって、たくさんの漁師さんたちが廃業《はいぎょう》したのだといいます。その同じ国では、農業でも、石油を原料とする肥料や農薬を使ったり、燃料を燃やす機械で畑を耕したりしているので、石油の値段が高くなることが食べものの値段にあたえる影響《えいきょう》は、ものすごいのだといいます。

「不思議の国は、いまはだいじょうぶだけど、真ん中団の侵略《しんりゃく》で、この先どうなることか……」

「真ん中団に侵略《しんりゃく》されてしまうことで、不思議の国も危なくなるということ？」

あっちゃんこのお母さんの問いかけに、シモイーダはこう答えました。

「不思議の国は、すでに自然エネルギーに移行しているので、エネルギーの問題が直接的に影響《えいきょう》をおよぼすかはわかりません。ですが、真ん中団はお金を儲《もう》けたいようですから、お金を儲《もう》けるために、自然が搾取《さくしゅ》されていくことは避《さ》けがたいと思います」

シモイーダは続けました。

「そして、自然の搾取《さくしゅ》が行きつく先として、深刻な食糧《しょくりょう》不足、水不足とエネルギー不足が起こり、人類は、残るわずかな資源を奪《うば》いあうために、きっと、最後のエネルギーを使って戦争を始めてしまったのでしょう」

ミライ望遠鏡は、不思議の国のあたりを映しだしました。やはり戦争に巻きこまれたのでしょうか、緑にあふれていたその土地も荒廃《こうはい》しているのがわかりました。紙幣《しへい》のようなものが、大量に風に舞《ま》っているのが見えます。

それを見て、シモイーダが言いました。

「最後には、食べものはお金では買えなかったということでしょう。自分も飢《う》えそうなのに、お金をもらったからといって、自分の食べものを渡《わた》すような人はいません」

「人間が見えないけど」あっちゃんこのお母さんが気づきました。そして、自分に言いきかせるように、こう続けました。「でも、人間は自分の意志で動くから、きっと、ブレる度あいが大きくて、映しださされないのね」

でも、もしかしたら……。

「でも、人間はもういない、なんてことはないんでしょ？」

　ヘルムートが、みんなの気持ちを代弁するように言いました。

「ひどいね……」ロイスおばあさんはしばらく言葉を失っていましたが、やがて、声を荒《あら》げて言いました。「わたしは、こんな未来のためにがんばってきたんじゃないよ！　わたしは、こんな甲斐《かい》のない未来は認めないよ！」

「何を言っているんだい、おばあさん」男の人が言いました。「言っちゃ悪いが、ミライ望遠鏡では近い未来は見えないとわかるまで、映像を食い入るように見ていた人です。三十年後じゃ、あんた生きちゃいないだろう？」

　ロイスおばあさんは、その男の人のことを鋭《するど》くにらみつけました。

「わたしの心配をしているんじゃないんだよ！」

　その剣幕《けんまく》に、男の人はたじろぎました。

「わたしたちはね、地球を、未来のこどもたちから借り受けている立場なんだよ。それが、こんなふうになったんじゃ、この子たちに対して、どう申し訳がたつって言うんだい？」ロイスおばあさんは、あっちゃんこやヘルムートのほうを手で示しました。

　ロイスおばあさんは、怒《いか》りが収まらないようすで、男の人に突《つ》っかかっていきました。

「どうせあんたは、さっきギャンブルか何かのことを考えてたんだろ？」

「いや、ちがう」男の人は釈明《しゃくめい》しました。「金融《きんゆう》のことだ。国の経済を救えるかもしれないと思って」

「同じことだね」

ロイスおばあさんは、男の人の言葉のなまりから、その人の出身国を特定していました。

「あんたの国は、食糧《しょくりょう》のほとんどを外国から輸入しているけど、その輸入元で食糧《しょくりょう》をつくるのに、水がどれくらい使われているかわかっているのかい？　食べものを大量に輸入することはね、**水を大量に輸入**していることと同じなんだよ。しかも、そうやって輸入した食糧《しょくりょう》を使って調理した食べものの多くを、売れ残ったからといって捨てているね。そんな壮大《そうだい》なムダを、事業として儲《もう》かるからといって許してるんだよ。お金があんたたちの唯一《ゆいいつ》の価値の尺度だからね。そしてあんたたちの政府は、口じゃあ温暖化対策などと言いながら、地球のこともかえりみずに、成長、成長、成長、そればっかりだ。ほかの国の犠牲《ぎせい》のうえに成り立って、何が経済成長だい、笑わせるない！　あんたたちの、快適な生活とやらが、この未来の原因なんだよ！」

男の人には、返す言葉もありませんでした。

「もう、やめましょう、おばあさん」さらに続けかねないロイスおばあさんを、ナンがなだめました。

「この人だって、不思議の国に見学にきたということは、なんとかしたがっている証拠《しょうこ》でしょう？」

怒《いか》りのやり場を失い、ロイスおばあさんは、しばらく荒《あら》い息をしていましたが、やがて、少し落ちつきをとりもどすと、シモイーダにつめよりました。

「ねぇ、あんた。希望はないってことなのかい？」

シモイーダは答えました。それは、だれかにそう聞かれたときのために、あらかじめ彼女《かのじょ》が用意していた答えでした。

「いいえ、未来は、けっして暗くはありません。まだ起こっていないことは、かならず変えられるのです」

その言葉を残して、シモイーダは、奥《おく》のほうにケンチャのようすを見にいきました。

シモイーダは、すぐにもどってきました。

「みなさん、ケンチャが治りました！」

脱出《だっしゅつ》！ スットコホルム研究所

シモイーダにつきそわれ、ベッドで運ばれてきたケンチャは、1号（頭部）、2号（胸部）、3号（脚《きゃく》部《ぶ》）に分解されていました。

「ケンチャ、だいじょうぶ？」あっちゃんこが駆《か》けよりました。

「うん、だいじょうぶだよ」ケンチャ1号が答えました。「あっちゃんこ、あの虹《にじ》色のトンネルのなかで、あっちゃんこを離《はな》してしまって、ごめんね」

ケンチャは、分解されているものの、すっかり元気になったようでした。

「うん、いいよ。それより、ケンチャ、バラバラになっていていいの？」

「いいんだよ。これは重要な任務なんだ」今度はケンチャ2号が答えます。

そこに三人の研究員たちがやってきて、ケンチャのそれぞれの部品を抱《かか》えると、シェルターの片隅《かたすみ》にある装置のほうに運んでいきました。非常通信カプセル用の射出機《カタパルト》にケンチャ1号と2号をセットするのです。射出機《カタパルト》は二機しかないので、ケンチャ3号を抱《かか》えた研究員は後ろで待機しています。

準備ができたのを見計らって、シモイーダが号令をかけました。

「ケンチャ、パート1、パート2、GO《ゴー》！」

ドゴーン、という音がして、ケンチャ1号と2号が射出されました。すぐにケンチャ3号が運ばれてきて、射出機《カタパルト》にセットされます。

「パート3、GO《ゴー》！」

そしてケンチャ3号も射出されていきました。

そのころ、スットコホルム研究所の外では、真ん中団の団員たちが、空を見上げてどよめいていました。三つの不思議な飛行物体が研究所のてっぺんから飛びだしたかと思ったら、彼《かれ》らの上空をぐるりと旋回《せんかい》しはじめたからです。

団員のひとりが本部に指示をあおぐと、腕《うで》時計の形をしたビデオ電話にマナカの姿が映りました。

「それはスットコホール発生器《マシン》だ、追え。それはスットコホール発生器《マシン》だ、追うんだ」

マナカは、研究所から飛びたったケンチャ1号、2号、3号が、スットコホルム氏が発明した小型ワームホール「底ぬけスットコホール」を作りだすためのスットコホール発生器《マシン》だと勘《かん》ちがいしていました。団員たちがスットコホール発生器《マシン》を探しているのは研究所の人びとも知っているので、隠《かく》しきれなくなって空に飛ばしたのだと思ったのです。

あわてた団員たちは、それぞれ車に乗りこむと、上空を飛ぶケンチャ1号、2号、3号を追いかけはじめました。それに気づいたケンチャは、わざとクネクネと飛んだり、1号と2号を空中で交差させたりしたので、真ん中団の車はつぎつぎと玉突《たまつ》きのようにたがいに衝突《しょうとつ》していきました。

そして、動ける車がほんの数台になったころ、ケンチャ1号、2号、3号は、それぞれ別の方向に向けて飛び去っていきました。

残った車は全速力でそれを追いかけていきましたが、マッハの速度で飛行できるケンチャ1号、2号、3号に追いつけるわけもなく、すぐに見失ってしまいました。

真ん中団の団員たちが混乱しているさなか、シェルターに避難《ひなん》していたみんなは秘密の出口を通って、スットコホルム研究所の駐車場《ちゅうしゃ》に出ると、停めてあった二台の見学者用バスにわかれて乗りこみました。

あっちゃんこ、パピーちゃん、あっちゃんこのお母さん、ヘルムート、ナン、ロイスおばあさん、そしてシモイーダはいっしょのバスです。バスを運転する市民免許《めんきょ》を持っていて、運転技術があるナンが、ハンドルを握《にぎ》ることになりました。

静かに、静かに、こっそり出発です。

それに気づいた真ん中団の団員たちも、もう研究所の周りには動かせる車がなかったので、追いかけることはできませんでした。

二台のバスは、それでも念には念を入れて、追っ手がついてこられないように、それぞれ別の方向に走っていきました。

第6章

不思議の国のNEO《ネオ》

あっちゃんこたちを乗せ、ナンが運転するバスは、当面の目的地としてフナン・コモンズに向かっていました。追ってくる車はありません。

フナン・アワーズ

一方、1号、2号、3号に分離《ぶんり》して飛行していたケンチャは、フナン・シティを遠く離《はな》れた空の上でふたたび集結し、ドッキングしました。そして、いままでにも増してスピードをあげると、フナン・シティに向けてマッハの速度でもどっていきました。

ケンチャはそもそも、レーダーでは探知しにくい大きさですが、それでも計画どおり、フナン・シティに入ると速度をゆるめ、とても低い高度で飛んで、真ん中団のレーダーにひっかからないようにしました。

ケンチャはすぐにナンが運転するバスに追いついて、さらに速度を落として並んで飛びました。バスの天窓が開き、ケンチャはゆっくりとそれに近づくと、ケンチャ・マジックハンドで天窓の縁《ふち》をつかみ、推進エンジンを止めました。そして、スルリとバスのなかに乗りこみました。

バスのなかでは、みんながケンチャを拍手《はくしゅ》で迎《むか》えました。

これでやっと、あっちゃんこ、ケンチャ、パピーちゃんの三人組が勢ぞろいです。

■フナン地区の地域通貨

真ん中団の武力による侵略《しんりゃく》は、ポート・リバティやスットコホルム研究所だけではなく、フナン地区のさまざまな施設《しせつ》に広がっていました。

それにともない、大勢の人びとが、住むところや職を失いました。フナン・コモンズは、いまやそのような人びとの避難所《シェルター》となっていました。

おなかをすかせた人たちのために、ボランティアによる炊《た》き出しがおこなわれています。余裕《よゆう》のある人たちは、いらなくなったものを持ちよったり、自分でつくった何かを売るバザールを開いていました。ちょっとしたお祭りのようです。

バスを降りたみんなは、つかの間の休息を楽しむかのように、広場のあちこちに仮設されたお店を見学していました。ナンは、ポート・リバティで働いていた人が開いたお店で果実酒を品さだめしています。あっちゃんこは、屋台で売っているキャンディーをほしそうにしていました。

そのようすを見ていたケンチャは、あっちゃんこのお母さんのためにドーナッツを買ったときと同じように、将来の労働を約束するワット券を電子的に発行しようとしました。

「ぼくがワット券を発行するよ。そしたらあっちゃんこはキャンディを買えるよ」

「待って、ケンチャ」シモイーダがケンチャを止めました。「いま、電子的な通貨システムを使うと、『真ん中団』に追跡《ついせき》される可能性があります」

シモイーダはそう言うと、紙幣《しへい》の束《たば》を取りだして、みんなに配りました。

「これを使ってください。匿名《とくめい》通貨フナン・アワーズ（HUNAN HOURS）です」

みんなが受けとった紙幣《しへい》には「1／2アワー」という額面が印刷されていました。シモイーダの説明によると、フナン・アワーズでは、1アワーが一時間の労働の価値を表しているとのことです。大工さんも、歯医者さんも、楽器の演奏家も、「1アワー」分のお金をあげると、一時間だけ、お金をあげた人のために働いてくれる、それがフナン・アワーズの仕組みでした。

「これが、不思議の国のお金なの？」

不思議の国がこれで二回目となるあっちゃんこ、ケンチャ、そしてパピーちゃんも、実際に不思議の国で使われているお金を見るのは、これが初めてでした。

「NEO《ネオ》のもとでは、不思議の国全体で通用する決まったお金はありません。これはフナン地区だけで使われているお金、つまり**地域通貨**なのです」

「NEO《ネオ》って？」あっちゃんこのお母さんが聞きました。

その質問には、ロイスおばあさんが答えました。

「新経済秩序《ちつじょ》（New《ニュー》 Economic《エコノミック》 Order《オーダー》）のことだよ。これは、経済学者シルビオ・ゲゼルの『**自然経済**

秩序《ちつじょ》』（The《ザ》 Natural《ナチュラル》 Economic《エコノミック》 Order《オーダー》）という本のタイトルのもじりなんだけどね。不思議の国では、N《ネ》EO《オ》のもとで、お金については、『自然』と『人間という自然』を本位とすることにしたのさ」

　本位というのは、ここでは、価値を考えるときに基本とする標準のことだといいます。たとえば、金本位制であれば、金《ゴールド》が価値の基準です。不思議の国のNEO《ネオ》では、自然が価値の基準ということなのです。

「さあ、みんな、好きなものを買っておいで」

「わーい」

　ロイスおばあさんがうながすと、あっちゃんこたちは、はしゃいで屋台に買いものに走っていきました。

「シモイーダも行くのなの」

　パピーちゃんにうながされて、シモイーダも、こどもたちの買いものに付きそっていきました。

　あとに残ったあっちゃんこのお母さんは、ロイスおばあさんに、不思議の国のお金の仕組みについて、くわしく教えてもらっていました。

「具体的には、どうやって自然を本位にした通貨をつくっているのですか？」

「基本はワットシステムだよ」

「ワットシステム！」

「知ってるのかい？」ロイスおばあさんは、そう聞き返してから、すぐに思い出しました。「ああ、そらいえば、あのケンチャってロボットが、電車に乗るとき、あんたの分をワット券で払《はら》ってたね」

　あっちゃんこのお母さんはうなずきました。

「ええ。ワットシステムが、不思議の国のお金なのですか？」

「あの娘《こ》が言っていたように、不思議の国全体で通用する決まったお金はないんだけど、ワットシステムは、お金の仕組みの原型だからね」ロイスおばあさんは説明しました。

「ワット券が約束するのは、基本的に、モノか、労働。物質かエネルギーなんだよ。それによって、自然のモノの動きにもとづく通貨ができているというわけさ」ロイスおばあさんは続けました。「匿名《とくめい》通貨の場合は、コミュニティごとのよく知られた団体が、ワットシステムにもとづいて価値を担保しているのさ。そのフナン・アワーズの紙幣《しへい》、一枚一枚にも、対応するワット券の約束があるんだよ」

「1/2アワーなら、人間が三十分でおこなえるくらいの労働に必要なエネルギーですね」

「そのとおり」ロイスおばあさんは微笑《ほほえ》みました。「あんた、やっぱりものわかりがいいね」

　あっちゃんこのお母さんにいろいろ説明しているときのロイスおばあさんは、なんだか楽しそうでした。

「いわば、匿名《とくめい》通貨はワット券への**兌換《だかん》通貨**さ。発行している団体に持っていけば、実際にワット券がもらえるよ」

　あっちゃんこのお母さんが、フナン・アワーズの紙幣《しへい》をよく見ると、「スットコホルム研究所発行」と書かれていました。

「ということは、のんびり仕事をしても、1時間働くと1アワーってわけでもないのですね？」

「外国の人は面白いことを考えるね」ロイスおばあさんは笑いました。「もちろんだよ。それじゃあ、基準となるエネルギーに満たないからね。仕事をしてもらった人が、のんびりやりすぎじゃないの？と思えば、そりゃ、1アワーに満たない仕事として評価されたってことさ」

「あの、わたし、金融《きんゆう》のことはよくわからないのですけど」あっちゃんこのお母さんは、そうまえおきして聞きました。「地域ごとの物価のちがいのようなものが、ワット券にもやっぱりあるのでしょうか。もしあるとしたら、それを利用して、ワット券のブローカーが差額で儲《もう》けるようなことは起きないのですか？」

物価のちがいというのは情報なので、それを利用してかせげるなら、自然ではなく情報が本位になりかねないと、あっちゃんこのお母さんは考えたのです。

「原理としては、できるけどね」ロイスおばあさんは言いました。「いろいろ、そういうことをむずかしくする仕組みは入っているんだよ。時間やエネルギーの価値は、地域が変わっても、あまり変わらないだろうし、ワット券自体に、遠くまで流通できないという性質がそなわっているしね。でも、不思議の国のお金の仕組みは自由だから、何かを禁止してしまうことはできないんだね。だから、そんなふうに、情報に値段がついてしまうような行為《こうい》を、わたしたちは文化として、できるだけ避《さ》けるようにしているのさ。マナーとしてね」

郵 便 ハ ガ キ

料金受取人払郵便

本郷支店承認

967

差出有効期間
2010年（H22）
7月11日まで

1138790

（受取人）

東京都文京区本郷4-3-4
明治安田生命本郷ビル３F
太郎次郎社エディタス行

●ご購読ありがとうございました。このカードは、小社の今後の刊行計画および新刊等のご案内に役だたせていただきます。ご記入のうえ、投函ください。

〒
ご住所

お名前　　☎　　男・女　　歳

E-mail

ご職業（勤務先・在学校名など）

ご購読の新聞	ご購読の雑誌

本書をお買い求めの書店	よくご利用になる書店
市区町村　　書店	市区町村　　書店

お寄せいただいた情報は、個人情報保護法に則り、弊社が責任を持って管理します

不思議の国のNEO 未来を変えたお金の話

●―この本について、あなたのご意見、ご感想を。

お寄せいただいたご意見・ご感想を当社のウェブサイトなどに、一部掲載させていただいてよろしいでしょうか？　（　可　匿名で可　不可　）

この本をお求めになったきっかけは？

●広告を見て　●書店で見て　●ウェブサイトを見て

●書評を見て　●DMを見て　●その他

よろしければ誌名、店名をお知らせください。

☆小社の出版案内をご覧になってご購入希望の本がありましたら、下記へご記入ください。

購入申し込み書	宅急便の代金引き換えでお届けします。オモテ面の欄に電話番号も忘れずお書きください。このハガキが到着後、2～3日以内にご注文品をお届けします。送料は総額1500円未満500円。1500～1万円で200円。1万円以上の場合はサービスです。		
	（書名）	（定価）	（部数）

■お札《さつ》に書かれたモットー

やがて、こどもたちが買いものを終えてもどってきました。あっちゃんことヘルムートは、キャンディを口にくわえています。ナンも果実酒のボトルを持ってやってきて、ロイスおばあさんはみんなを近くに呼びよせました。

「このフナン・アワーズはね、面白いんだよ」ロイスおばあさんは、いたずらっぽい笑みを浮《う》かべています。「アメリカ合衆国のお金にどんな言葉が書かれているか、知っているかい?」

あっちゃんこのお母さんは、アメリカに住んでいたことがありましたが、その質問にすぐに答えられるほど、アメリカのコインや紙幣《しへい》のデザインを注意して見たことはありませんでした。

ロイスおばあさんは、ポケットから1ドル紙幣《しへい》を取りだしてあっちゃんこのお母さんに渡《わた》しました。

「見せて見せてー」あっちゃんこも紙幣《しへい》のデザインをのぞきこみました。

みんなが見ると、1ドル紙幣《しへい》の裏側には、

IN《イン》 GOD《ゴッド》 WE《ウイ》 TRUST《トラスト》

私たちは神を信じる

というモットーが書かれていました。

「こんなことが書いてあるけどね、このお金は、天然の資源を搾取《さくしゅ》したり、戦争を起こしたりするためにも使われているんだよ」

ロイスおばあさんはそう言うと、1ドル紙幣《しへい》をポケットにしまいました。

それでは、フナン・アワーズの紙幣《しへい》には何が書かれているのでしょうか。あっちゃんこのお母さんが紙幣《しへい》をよく見ると、そこには

IN《イン》 HUNAN《フナン》 WE《ウイ》 TRUST《トラスト》

フナンでは私たちは（たがいを）信じる

というモットーが書かれていたのです。

あっちゃんこのお母さんは、このモットーがとても洒落《しゃれ》ていると思いました。英語の特徴《とくちょう》をうまく使って、"IN《イン》 GOD《ゴッド》 WE《ウイ》 TRUST《トラスト》"という真面目《まじめ》な文面を茶化しているようなところがありますし、ちょっと見ただけではHUNAN《フナン》とHUMAN《ヒューマン》（人間）は区別がつきにくいので、このモットーは

IN《イン》 HUMAN《ヒューマン》 WE《ウイ》 TRUST《トラスト》

私たちは人間を信じる

と読みまちがえることもできるからです。

「ねえ、なんて書いてあるの？」

あっちゃんこのお母さんは、あっちゃんこに説明しました。

「んがも！」

あっちゃんこは、お金に額面だけでなく、いろいろなことが書かれているなんて、不思議だと思いました。

不思議の国のお金の世界

「不思議かい？　でもね、お金というのは、みんなが使えることを信じるから通用するんだよ。同じ種類のお金を使うみんなは、同じことを信じている仲間なのさ。このことを、むずかしい言葉では『共同幻想《げんそう》』と呼ぶんだけどね。だから、みんながどういう考えでお金を使っていくかということを書いておくのは、とても大切なことなんだよ」

「ぼくは、お金というのは言葉みたいなものだと習ったよ」ヘルムートは、授業でパン屋のおばさんから教わったことを思い出していました。「言葉も、通用するとみんなが思うから、通用するんだ」

フナン地区限定のように、地域でしか通用しないお金は、方言のようなものでしょう。ですが、もともと言葉は、それを話す人びとがかたちづくっていくものです。国語のように、その国で話される標準的な言葉を、だれかが決めるというのも、本来はおかしな話だと、パン屋のおばさんは授業で説明したそうです。

　言葉は考えを交換《こうかん》しあうための媒体《メディア》です。ふたりのあいだで、考えを交換《こうかん》するための適切な言葉がなければ、ふたりのあいだで通じる言葉を、そのつど、つくりだせばよいでしょう。そして、必要ならば、その言葉がほかの人に伝わってもよいのです。

　同じように、必要なときに、必要なかたちのお金をつくりだせばよい、という考えにそってデザインされているのが、ワットシステムなのだといいます。

「中心がない不思議の国では、お金にも中心がないのね」あっちゃんこのお母さんはつぶやきました。

「ごらん」

　ロイスおばあさんは、近くの屋台で紙券のやりとりをしている人たちを指さしました。お店の人が、お客さんから受けとった紙券の表と裏を確認すると、すぐそれを返して、なにやら説明しています。

「スットコホルム研究所が発行しているやつもいいんだけど、ポート・リバティ債《さい》はないかい？　友だちがポート・リバティで働いていたので、助けたいんだ」

　お客さんはポケットのなかから紙券の束《たば》を取りだすと、なかから一枚を選んで、お店の人に渡《わた》しました。それで売買は成立したようです。

「なつかしいね」ロイスおばあさんは言いました。「つい十年ほどまえは、紙の券でああいうことをやってたんだよ。いまはコンピュータ同士がある程度やってくれるからね」

　会話をするとき、そのときどきに応じて言葉を選ぶように、不思議の国では、お金は選ばれて使われているのだと、あっちゃんこのお母さんは理解しました。

■価値が減るようにつくられたお金

ふと、お母さんは、あっちゃんこが、フナン・アワーズとはちがう紙幣《しへい》のようなものを持っているのに気づきました。紙のワット券のようです。

「あっちゃん、その紙は何？」

「お釣《つ》りでもらったんだよ」

お母さんがあっちゃんこに見せてもらうと、その券はふたつ折りで、裏側にふたつの表があって、ひとつは裏書き用の欄《らん》、もうひとつには、kWh《キロワットアワー》という単位で書かれた数が、週単位で減っていくようすが書かれていました。

ロイスおばあさんは、あっちゃんこのお母さんの手もとをのぞきこむと、こう言いました。

「ああ、それは**減価《げんか》するワット券**だね」

「減価するワット券？」

ロイスおばあさんの説明によれば、そのワット券は、時間がたつと、約束された価値がどんどん

減っていく種類の券なのだそうです。紙のかたちはしていますが、発券者の問いあわせ先が書いてあり、いつでも電子的な券と交換《こうかん》ができるといいます。額面よりも、実際の価値は低いわけですから、その計算は面倒《めんどう》です。なので、ふつうはｉ《アイ》ワットの方式でしか流通していないといいます。ですが、やはり、時が時なので、真ん中団の追跡《ついせき》を避《さ》ける目的で、だれかが紙の券を使いだしたのではないか、とロイスおばあさんは分析《ぶんせき》しました。

「価値が減ってしまうんですか？　どうしてそんなものが？」

「増えるよりはいいだろ？」

あっちゃんこのお母さんは、真ん中銀行の建物の前の議論で、おじいさんが、お金は負債《ふさい》の表現だから増えてもよいことはない、と言っていたのを思い出しました。

それから、手にしたワット券をじっくり観察するうち、お母さんは、ある変なことに気づきました。

「なによ、これ。不謹慎《ふきんしん》じゃないかしら」

みんなは、どうしたのだろうと、あっちゃんこのお母さんの手もとの券をのぞきこみます。

「ほら、見てみて。『真ん中団侵略《しんりゃく》記念』って書いてあるでしょう？」

たしかにそのワット券には、「ポート・リバティ債《さい》」と書かれた隣《となり》に「真ん中団侵略《しんりゃく》記念」と書かれていました。

ところが、それを見たはずなのに、ロイスおばあさんをはじめ、シモイーダも、ナンも、ヘルムートも、きょとんとした表情をしています。あっちゃんこのお母さんが何に対して憤慨《ふんがい》しているのか、わからなかったのです。

「ああ」やがてロイスおばあさんが気づきました。「それはね、ようするに、転んでもただでは起きないってことだよ」

不思議そうなあっちゃんこのお母さんに、ロイスおばあさんは、少し腰《こし》を据《す》えて説明する気になったようです。

「これは、最初に説明を聞く人はちょっと混乱するからね」

ロイスおばあさんは、ヘルムートに、落ちている木の枝を取ってきてもらうと、それを使って、地面にグラフを描《えが》いて説明しました。グラフのタテ軸《じく》が約束されている価値、ヨコ軸《じく》が時間です。

「いいかい、アリスは、たとえば、真ん中団の侵略《しんりゃく》で住む家を失った。しばらく物いりだから、ワット券を発行したいけど、約束したことをそのまま果たす余裕《よゆう》がない。そこで、約束されていることの量が、時間がたつにつれて減っていくような、減価型のワット券を発行する。たとえば、一時間の労働を約束したなら、来週になると五十分、再来週になると四十分、というように、約束されていることの価値が減っていくようにするんだ。

こうしておくと、その券がアリスのところにもどってきたとき、最初に約束したよりも小さな価値を差しだすことで、借りを清算できるね。券を発行したときには、約束したことと同じだけの価値を受けとったはずだから、アリスは得をしたことになるね」

ロイスおばあさんは、地面のグラフに、時間がたつにつれどんどん価値が下がっていくような線を描《えが》いて、アリスが発行することで券が生まれるところと、券がアリスのところにもどってきて消えてなくなるところに印をつけて、そう説明しました。

「アリスがそんなふうに発行する券を、ボブが受けとる。受けとったそばから価値が減っていってしまうような、減価するワット券でもボブが受けとるのは、もちろん、アリスを助けたいからさ」

ロイスおばあさんは、そこでニヤリとしてみせました。あたかも、そうではないんだよ、とでも言いたげにです。

「約束の価値が減っていくということは、減った分の負債《ふさい》を、ボブがかぶってあげたってことだろ？　ボブがその券を裏書きして使うときには、額面が減っちゃってるんだからね。ボブがアリスにしてあげたことよりも、ボブがつぎにその券を渡《わた》すときにキャロルにしてもらうことのほうが、たとえば、労働の時間が短いみたいなふうに、価値が小さい。ボブがアリスの負債《ふさい》の一部をかぶるということは、アリスにそのぶん寄付したことと同じさ。

でも、この券の面白いところは、そういう博愛の精神だけじゃないってことさ。

減価するワット券を受けとる理由は、まだまだ奥《おく》が深くてね。まず、アリスが侵略《しんりゃく》で家を失ったことは、たとえばニュースでみんなが知っているわけだろ？　そしたら、ほかにも同じようにアリスに寄付したい人がいるかもしれないじゃないか。その券は、ほかの人にも受けとられやすい券なんだ。ボブは、なるべく早くその券を使えば、自分は寄付する量を少なくできるし、しかも、自分は博愛の精神にあふれ、アリスに寄付をしたことを世の中にアピールできる。

みんながそう思うとすれば、この券はすごいスピードで流通するだろ？　だから、いわば景気がよくなる。困ったことがあった人は、寄付してもらえて助かるし、その周りの人たちは、景気がよくなって助かるのさ。

　これはじつは、たがいに助けあう仕組みなんだよ」

「なるほど」いまひとつ納得しづらい面があるものの、あっちゃんこのお母さんには、これが新しいかたちの寄付のシステムであることはわかりました。「これは、よくある義援《ぎえん》金などの仕組みとはまったくちがいますね」

「あんなものは、実際に困っている人たちに届くかどうかもわからないし、……たしかに、真面目にがんばってる人たちもいるとは思うんだけどね」ロイスおばあさんは、どうもそういうのは苦手だ、という感じです。「何様なんだろう、という感じはぬぐえないね。施《ほどこ》してやろうという輩《やから》も、それを調整して、困った人たちのために配分してやろうという輩《やから》もさ」

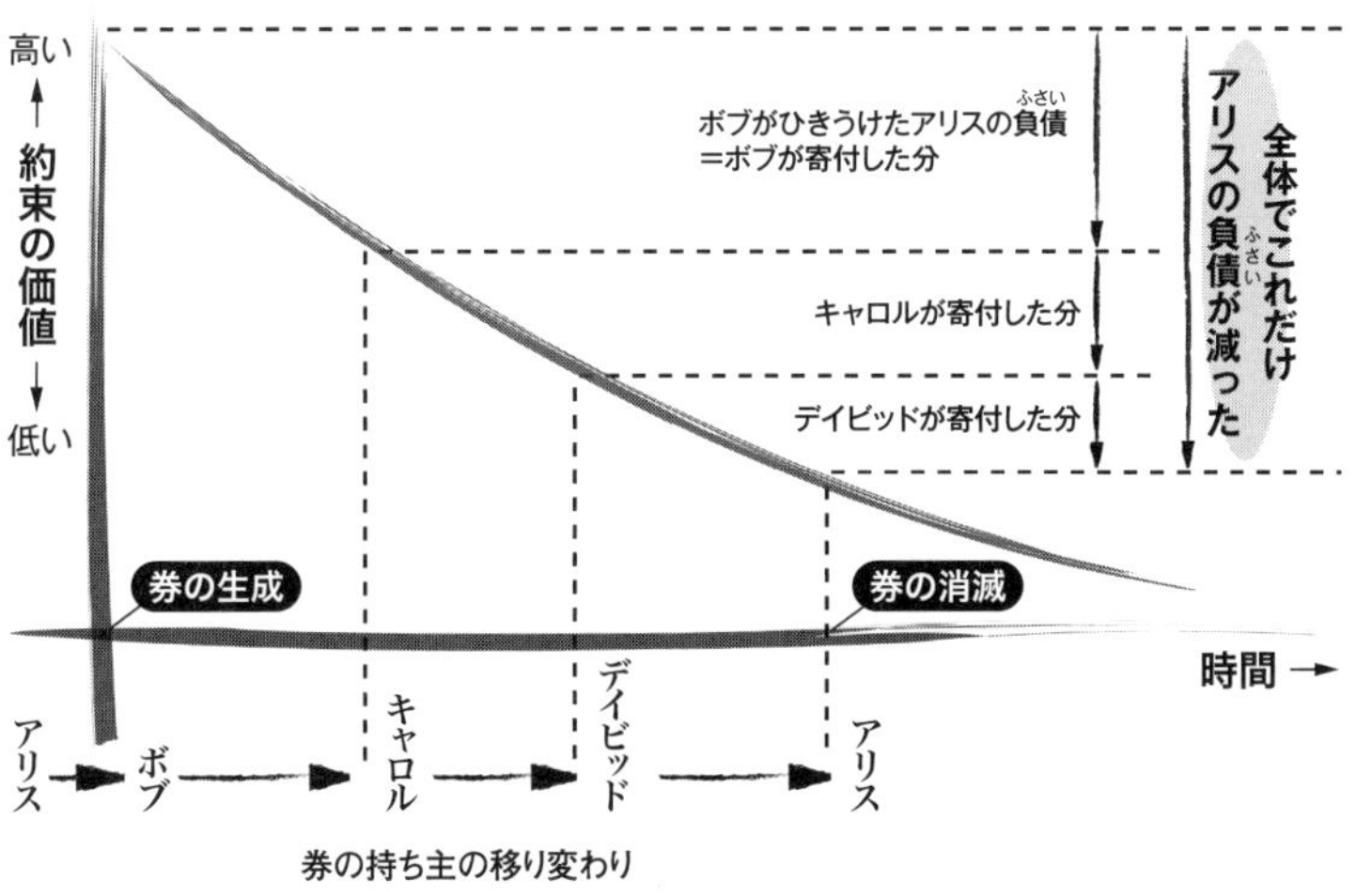

ロイスおばあさんは、この話はもう終わった、という感じにその場を離《はな》れ、歩きだしました。みんなもいっしょに付いていきます。

「あの、景気がよくなるって説明のところなんですけど」あっちゃんこのお母さんは、腑《ふ》に落ちないところはとことん追及《ついきゅう》せずにはすみませんでした。「それで、経済が成長してしまうということにはならないのですか？　NEO《ネオ》は自然を本位とするから、人間圏《けん》の成長は避《さ》けたいのではないですか？」

ロイスおばあさんは立ちどまりました。

「災害とか事件に巻きこまれて、生活が破壊《はかい》されたとしたら、人間は、もとの生活にもどりたいと思うよね」

「ええ」

「それが人間という自然の営みさ。減価するワット券の仕組みは、そのことを助けるんだ。困っている人びとがいるあいだしか、熱狂《ねっきょう》的な景気のよさは生まれないし、その景気のよさを、困っている人たち自身も、周りの人たちも、復興のためには必要とするだろうさ」そしてロイスおばあさんは、こう話を締《し》めくくりました。「起こるべきことは起きて、起こるべきでないことは起こらない。わたしたちみんなが、それを決めるのさ」

■芸術家とお金

みんながしばらく歩くと、あごひげを生やして、黒い服を着た男の人が、サツマの木箱の上に立っているところに来ました。その男の人はなかなかの人気者のようで、たくさんの人たちがやって来ては、ひとりずつ、小型コンピュータの近接無線通信でその男の人と何かをしたかと思うと、握手《あくしゅ》していきます。

みんなが近づくと、男の人は、DJ《ディージェー》フェリーニと名乗りました。ナンやヘルムートには、その名前に聞きおぼえがありました。不思議の国の著名な音楽家のひとりだったのです。彼《かれ》は、自宅のスタジオを真ん中団によって追いだされてしまったのだといいます。

「いまじゃ、このサツマの木箱の上が、ぼくのDJ《ディージェー》ブースですよ」DJ《ディージェー》フェリーニは自嘲《じちょう》ぎみに言いました。

「さっきから、何をしているのですか?」

「**モバイル・クラビング**用のデータを配ってるんです」

「モバイル・クラビングって何ですか?」

「うーん、『**フラッシュモブ**・サイレント・ディスコ』ってとこかな」

みんなには意味がわかりませんでした。

DJ《ディージェー》フェリーニの説明によれば、モバイル・クラビングは、インターネットを使ってあらかじめ示しあわせたおおぜいの仲間たちが、駅の構内などの公共の空間に無言で集まって、突然《とつぜん》、ヘッドフォンで音楽を聴《き》きながら、好き勝手に踊《おど》りだすというイベントなのだといいます。そこに音楽は聴《き》こえていないのに、一瞬《いっしゅん》にして日常的な空間がダンスホールに切りかわる面白さ、そして、それぞれがべつべつに好きな音楽を聴《き》いているのに、全体として、踊《おど》るという行為《こうい》を共有する場として成立する面白さが受けて、世界的に若者文化として流行しつつあるのだといいます。

今回もDJ《ディージェー》フェリーニは、何曲かの新曲をモバイル・クラビング用に配っているのですが、それはとくに、最初に真ん中団に占拠《せんきょ》されたポート・リバティのすぐまえで、真ん中団の侵略行為《しんりゃくこうい》に抗議《こうぎ》するイベントとして企画《きかく》しているのだといいます。

「あいつら危ないから、気をつけてやりなよ」ロイスおばあさんはそうアドバイスしました。

DJ《ディージェー》フェリーニは、そのイベントにかぎらず、新しい音楽ができたら、いつでも路上で配ることにしているのだといいます。

「売っているのですか」あっちゃんこのお母さんは聞きました。

「この国でつくられたデジタルデータは無料です」あっちゃんこのお母さんが外国から来たことを察して、DJ《ディージェー》フェリーニは答えました。「ぼくら、不思議の国の音楽家は、できあがった音楽を売るような商売はしていないんですよ。情報に値段はつけられませんからね」

「では、演奏で？」

「それもありますが、ぼくらは自分でお金を刷れるんです」

「ようするに、減価するワット券を発行できるという意味だよ」ロイスおばあさんが補足しました。

「そうです。ある時間、演奏するという約束をしたワット券ですが、その演奏時間がしだいに減っていくようになっているんです。浮《う》いた時間を、作曲のために使えます」

あっちゃんこのお母さんは、なるほどと思いました。

音楽家は、音楽という情報を生む仕事をしています。物質やエネルギーの流れという意味では、生産的なことをしているわけではありません。仕事の成果である情報自体を売れないのなら、周囲の人びとの恵《めぐ》みにより生きていくしかありません。それは、事故や災害にあった人たちと、一種、状《じょう》況《きょう》が似ていました。

「あなたの音楽のファンなら、あなたが発行した減価するワット券を受けとることで、音楽活動を続けられるように、あなたを助けることができるのですね」

「そうです」DJ《ディージェー》フェリーニは言いました。「ぼくが、多くの人たちを、ぼくの音楽で楽しませることができるなら、きっと多くの人たちが、ぼくのワット券を受けとってくれるでしょう。ぼくの音楽がだれも楽しませられないなら、だれもぼくのワット券は受けとりません。ぼくはいつもみなさんに試され、そしてみなさんの恵《めぐ》みのもとにあるのです」

そう言うと、DJ《ディージェー》フェリーニは、舞台《ぶたい》役者がするように、胸に手を当てて深ぶかと頭を下げました。

「公開鍵《かぎ》を交換《こうかん》しておこうかね」ロイスおばあさんは、ポケットから小型コンピュータを取りだしました。「わたしも、機会があれば協力しようじゃないか」

ロイスおばあさんとDJ《ディージェー》フェリーニは、公開鍵《かぎ》を交換《こうかん》すると、小型コンピュータの画面を見せあいっこして、たがいの公開鍵《かぎ》の指紋《フィンガー・プリント》を確認しました。

「ロイスさん」手元のコンピュータの画面を見て、DJ《ディージェー》フェリーニは言いました。

「真ん中団をあっといわせるような、今月の国歌をつくりませんか」

DJ《ディージェー》フェリーニは、ロイスおばあさんが国歌フォーラムの一員だと気づいたのです。

「考えておくよ」

ロイスおばあさんが、笑って手を振《ふ》り、みんなはDJ《ディージェー》フェリーニの木箱のDJ《ディージェー》ブースを後にしました。

■ロイスおばあさんの思考実験

「減価するワット券の仕組みでは、みんなに助けてもらうと同時に、券を発行した人は、じつは試されているのですね」

ロイスおばあさんはうなずき、笑いながら、あっちゃんこのお母さんの肩《かた》をたたきました。

「たとえばさ、これで税金いらなくなるよね」

ロイスおばあさんは、政府が減価するワット券を使うとどうなるか、簡単な思考実験で説明しました。かりに、ある地方政府が、住民たちの利益のためには川にもう一本、橋をかけたほうがよいと考えたとします。

ふつうのやり方では、税金のなかから予算が組まれ、業者が選定され、工事がおこなわれます。住民への説明会も開かれ、反対意見が多ければ、住民投票にもちこまれるかもしれません。

税金のない政府では、政府が目的別に減価するワット券を発行します。業者はそれを受けとって、工事の費用にあてます。実際に工事の費用として使えるためには、取引先、従業員、そして従業員が買いものをするお店など、周囲の人びとに、そのワット券を受けとってもらえる必要があります。

住民が、総意としてその橋が必要だと思うなら、そのワット券は受けとられます。主義うんぬんというよりは、みんなが、ほかの人びとも受けとるだろうと思うからです。したがって、業者も政府が発行した券を受けとり、工事が始まります。

住民が、その橋は必要ないと思うなら、そのワット券は受けとられません。みんなが、ほかの人びとも受けとらないだろうと思うからです。したがって、業者も券は受けとらず、工事は始まりません。始まったとしても、頓挫《とんざ》するでしょう。

「消費は投票行為《こうい》だというじゃないか。だったら、政府は消費者に直接、投票してもらえばいいんだよ。それが民主主義ってもんだろ？」

つまり、これによって、つくられるべきものはつくられるし、つくられるべきでないものはつくられないし、よく議論が必要なものは作業が難航するのです。

もちろん、不思議の国には、そもそも政府がないので、このような仕組みは不要でしたが、この国では、個人や任意の団体が同じことをしているのです。

「あんたの国でも始めちゃったら？」

あっちゃんこのお母さんには、それが冗談《じょうだん》なのかどうなのか、はかりかねました。

「ロイスおばあさん」

「うん、なんだい？」

「おばあさんはどうして、経済の仕組みにそんなにくわしいのですか？」

概《がい》して不思議の国の人たちは、たがいに教えあうことの徹底《てってい》で、教育の程度が高いといえました。ただ、ロイスおばあさんのように専門的な知識をもっている人は、そのなかでもまれなのではないかと、あっちゃんこのお母さんは考えたのです。

「さあ、どうしてなんだろうね」

ロイスおばあさんは、答えをはぐらかしました。

第7章

追跡《ついせき》と逃亡《とうぼう》

さらわれたあっちゃんこ

そのとき、パピーちゃんが何か紙を口にくわえてやってきました。みんなは、どうしたんだろうと思ってパピーちゃんを見つめました。パピーちゃんも、不安げにみんなのほうを見ています。

やがて、ロイスおばあさんが気づいて、パピーちゃんの口から紙を受けとりました。

「こ、こんなものが落ちていたの！」

口にくわえていたのだから、しゃべれなかったのは当たりまえですね。

パピーちゃんがロイスおばあさんに渡《わた》した紙には、「真ん中銀行券」と書かれていました。どうやら、真ん中銀行が発行している紙幣《しへい》のようです。

その紙幣《しへい》には、真ん中に丸が描《えが》かれているほかは、「1マナカ」という額面と、発行元として「真ん中銀行」と書かれているだけで、モットーは書かれていませんでした。裏には、真ん中がつまったけろんぱんの絵が描《えが》かれてありました。

「こんなものに何の価値があるんだろうね」ロイスおばあさんはつぶやきました。「まあ、価値はなくてもさ、みんなが幻想《げんそう》を抱《いだ》いているかぎり、こういうものも通用してしまうんだけどね……」

けれどもこれで、真ん中銀行も真ん中団の仲間だということが、はっきりしました。その紙幣《しへい》のデザインは、真ん中団の旗にそっくりだったからです。真ん中団の団員たちは、この真ん中銀行券で雇《やと》われているにちがいありませんでした。

みんなは、フナン・コモンズを出発しなければならないことに気づきました。このあたりに真ん中銀行券が出まわっているということは、近くに真ん中団の団員たちがいるかもしれないからです。

シモイーダがまとめ役となって、行き先について話しあいが始まりましたが、そのあいだ、だれかが、あっちゃんこの背後からこっそり忍《しの》びよっていることに、だれも気づきませんでした。真ん中団の制服である黒いスーツではなく、ふつうにカジュアルな服を着た女の人だったからでしょう。

女の人は、すばやくあっちゃんこの後ろから手をのばして口をふさぐと、そのまま、あっちゃんこを抱《だ》きかかえて走りだしました。

「むがごっ」

あっちゃんこの叫《さけ》びは、こもってしまって、よく聴《き》こえません。最初に、パピーちゃんが気づきましたが、そのときには、すでに女の人は遠くのほうまで走っていました。

パピーちゃんは、猛《もう》ダッシュで追いかけます。

「ワンワンワン！」

その声で、みんなも大変な事態が起きていることに気づきました。

「あっちゃん！」

「あっちゃんこ！」

ケンチャは空中に浮《う》かびあがると、推進エンジンを吹《ふ》かして急発進しました。

女の人は、そのときすでに、停めてあった自分の車の近くにきていました。そして、あっちゃんこを抱《だ》きかかえたまま、運転席に乗りこみ、ドアを閉めました。不思議の国の車は、ドアが閉まると同時にシートベルトが自動的にかけられる仕組みですが、あっちゃんこの体がじゃまになって、しっかりとかかりません。警告を示すランプが点灯しますが、女の人はすばやい動作で警告を無効にする操作をすると、片手でハンドルを握《にぎ》って、車を発進させました。

その直後、ケンチャが追いついて、ケンチャ・マジックハンドを車体に引っかけます。ところが、車の加速が予想以上にきつく、しっかりと引っかかりません。おまけに、車が急にカーブしたので、ケンチャの体は、勢いよく反対側にふり飛ばされてしまいました。

「うわー！」

走り去る車のあとを、パピーちゃんが追いかけていきました。

女の人が運転する車は、ものすごい勢いでフナン・シティの道路を走っていきます。

そのあとをパピーちゃんが夢中で追いかけていきますが、なにしろ車道の真ん中です。どんどん、後続車が、クラクションを鳴らしながらパピーちゃんを避《さ》けて追いこしていきます。いつ、ひかれてもおかしくない状況《じょうきょう》です。

パピーちゃんが危ない！

すると、ケンチャが飛んできて、パピーちゃんを抱《だ》きかかえて上昇《じょうしょう》しました。そして、しばらくその場でホバーリングすると、やがて後ろから来た、ナンが運転するみんなのバスに、天窓から乗りこみました。

パピーちゃんは意気消沈《しょうちん》しています。

「ごめんなさいなの。見失っちゃったなの……」

「ううん、パピーちゃんはよくがんばったわ」お母さんは、自分もあっちゃんこのことがとても心配なのですが、そう言いました。

「だいじょうぶだよ」小型コンピュータの画面をのぞきこんでいたヘルムートが言いました。

「あっちゃんこを乗せた車は、追跡《ついせき》できるよ」

あっちゃんこのリュックのなかの絵本のＲＦＩＤ《アールエファイディー》タグをたよりに、追いかけるのです。

その情報は即座《そくざ》に、ヘルムートの小型コンピュータからバスのナビゲーション・システムに転送されました。ナンは、表示を見て言います。

「近道を通るね！」

みんなを乗せたバスは、環状交差路《ラウンドアバウト》をぐるりと回って進んでいきました。

やがてバスは、ビルの谷間の狭《せま》い道を通りすぎると、つぎの環状交差路《ラウンドアバウト》に差しかかりました。あっちゃんこを乗せた車がひと足早く、別の方向からその環状交差路《ラウンドアバウト》に侵入《しんにゅう》するのが見えましたが、ナンは、ほかの車にぶつからないように、慎重《しんちょう》にバスを減速させます。

一方、スットコホルム研究所のバスが追いかけてくるのが、車を運転している女の人にもわかりました。それであわててしまったのでしょうか、女の人は、ブレーキとアクセルをまちがえて踏《ふ》みこみ、車は減速するどころか加速してしまい、環状交差路《ラウンドアバウト》の真ん中のモニュメントの土台に、片側をガシンッと激しくぶつけると、その反動で、けたたましい音を立てながらスピンしました。回転しながらすべっていく車を避《さ》けるために、あちこちで車の急ブレーキの音がします。

そのすぐあと、女の人の車は歩道に乗りあげ、街路樹の幹にぶつかって止まり、衝撃《しょうげき》でフロントガラスが割れ、人が勢いよく転がり出て、地面に落ちるようすが見えました。

「あぁー！」

バスのなかで、あっちゃんこのお母さんが、声にならない叫《さけ》びをあげました。

急停止したほかの車に道をはばまれ、ナンの運転するバスは、その場で停まらざるをえませんでした。

あっちゃんこのお母さんは、バスのドアを開けて道路に飛びおりると、青ざめた顔をして駆《か》けだしました。走りながらお母さんは、あっちゃんこが生まれたときのことを思い出していました。あまり遠くない昔のことです。お母さんのおなかのなかで大きく育った、小さなあっちゃんこが、永遠とも思える痛みの大波と小波のくり返しの果てに、ようやく出てきたときのこと。あっちゃんこのお母さんのなかで、そのときの気持ちがよみがえっていました。あっちゃんこは、自分の命のカケラが入っている、命の未来がつまっている、大切な、大切な女の子なのです。

――私の命と、引きかえてもいいです！

科学者の祖父と父親のもとで育ったあっちゃんこのお母さんは、神を信じていませんでしたが、このときばかりは、自分の存在を超《こ》えただれかに祈《いの》らずにはいられませんでした。

――どうか、あっちゃんの命を助けてください！

お母さんが駆《か》けよると、女の人が、あっちゃんこをしっかりと抱《だ》きかかえたまま、あおむけに倒《たお》れていました。女の人は、身動きひとつしません。あっちゃんこも、目を閉じたまま、じっとしています。

お母さんは、言葉にならない声を発しながら、女の人の腕《うで》をほどき、おそるおそる、あっちゃんこを抱《だ》きあげました。

「あっちゃん」

お母さんが静かに呼びかけると、あっちゃんこは、驚《おどろ》いたように目を開けました。そして、一瞬《いっしゅん》、ケロッとした表情をしたかと思うと、つぎの瞬間《しゅんかん》、火がついたように泣きだしました。

「ママー！」あっちゃんこはお母さんにしがみつきました。「あー！」

「あっちゃん！」お母さんも、泣きながらあっちゃんこを抱《だ》きしめます。「ごめんね、怖《こわ》かったでしょう？　だいじょうぶ？　けがはない？」

お母さんは、あっちゃんこの体のいろんなところをさわって、傷がないか、痛がらないか、たしかめました。

そのとき、みんなが駆《か》けつけてきました。ケンチャもやってきて、マジック・スキャナであっちゃんこの体を調べます。そして、安堵《あんど》の表情を見せました。

「よかった。あっちゃんこは、どこもけがしてないです」

みんながひとまず安心するなか、横たわっていた女の人がうめき声をあげました。

「うーん」

どうやら意識をとりもどしたようですが、まだ朦朧《もうろう》としているようです。ナンが近づいて、かがみこむと、女の人の耳もとで話しかけました。

「名前は？」

「うーん」

「名前は？」

「……ヒロミ」

ヒロミと名乗るその女の人が首にかけていたポシェットの口が開き、なかから真ん中銀行券の束《たば》がはみだしていることに、みんなは気づきました。

「真ん中団に雇《やと》われたのかい？」

ロイスおばあさんがそう聞くと、痛みにうめきながら、ヒロミはうなずきました。

「……事務所が占拠《せんきょ》されて、仕事、なくなっちゃいそうだったし、……スットコホルムの曾孫《ひまご》を連れてきたら、お金持ちにしてやるって言われて……」

「バカだねぇ、あんた」ロイスおばあさんは、ヒロミを哀《あわ》れむように言いました。「本当にバカだよ」

そしてロイスおばあさんは、諭《さと》すようにこう続けました。

「お金持ちになるなんてことに、何の意味があるんだい？　それはまったく無意味なことなんじゃないのかい？　だって、この国では、必要なときに、必要なだけのお金は、自分で自由につくれるんだからね」

「そっか……」ヒロミは力なく笑いました。

「あなたは、不思議の国に来てどれくらいになるの？」ナンが聞きました。

「……三か月。……不安だったんだよ。この国、保険会社もないっていうし……失業したら、どうなっちゃうんだろうって思ったら……」

ロイスおばあさんは、ため息をもらしました。

減価するワット券で助けあうといった仕組みについても、不思議の国に来て日の浅いヒロミには、理解が追いついていなかったのでしょう。

「保険はあるんだよ、この国にもね。友だちや近所の人たちといった、近しい人たちとの関係を大切にしながら、ふだんを過ごして、いざというときに助けあえるようにしておくこと以上の保険があるのかい？」

「骨が折れているみたいです。打撲《だぼく》もそうとうでしょうね」

マジック・スキャナでヒロミの体を調べたケンチャが言いました。

「救急車で病院に運ぶべきなのでしょうけど」小型コンピュータで何かを調べていたシモイーダが言いました。「真ん中団によって救急団の動きが制限されていて、出動できないみたいです」

「じゃあ、私たちが病院に連れていくかい？　みすみす、真ん中団に見つかりにいくようなもんだけどさ」

「私の車に乗せていきましょう」

近くに車を停めて、ようすを見に来ていた男の人が申し出ました。

見ると、一時は車が乱雑に停まり、混乱していた環状交差路《ラウンドアバウト》も、すっかりふつうの状態にもどっていました。モニュメントの向こう側で、停めてあるみんなのバスを避《さ》けて車が通っているのが見えます。

研究所の人たちが、慎重《しんちょう》にヒロミを抱《だ》きかかえると、男の人の車のところまで運んでいって乗せました。

そのようすを見ながら、ロイスおばあさんは、あっちゃんこのお母さんに言いました。

「新興国だしね、わけもわからずに住みついた人たちも、少なからずいるのさ」

お母さんは、まだ涙《なみだ》のかわかない顔で、こう疑問を投げかけました。

「真ん中団は、不思議の国に来て日の浅い人たちをねらって、話を持ちかけているのかしら」

とすれば、考えたくないことですが、フナン・シティのなかには、ほかにもスパイや密告者がまぎれこんでいる可能性もあります。

そこで、シモイーダの提案で、みんなは田舎《いなか》の街にいったん避難《ひなん》して、それから対策を練ることにしました。

ケンチャが交通整理をするなか、みんなは環状交差路《ラウンドアバウト》のなかを横断し、全員バスに乗りこむと、フナン・シティをあとにしました。

さらなる追っ手

みんなを乗せ、ナンが運転するバスは、高速道路を走っていました。ケンチャの活躍《かつやく》のおかげで、スットコホルム研究所からフナン・コモンズまでバスを追ってこれた真ん中団の団員はいなかったし、ヒロミにはあやうくあっちゃんこを誘拐《ゆうかい》されそうになったものの、そのあとは、バスがいま、どこを走っているかは真ん中団にはわからず、もう、だれも追ってこないはずでした。

ところが、しばらくすると、バスの後ろに、真ん中団の旗をつけた車が現れたのです。

さあ、大変です！　高速道路でのカーチェイスが始まりました。

真ん中団の車はスピードをあげて、みんなのバスにみるみるうちに近づくと、横に並んで走りました。車の窓から団員の男がひとり、身を乗りだすと、手をのばしてバスの窓枠《わく》をつかみ、そのままバスの外側にぶらさがりました。そして男は、こぶしで窓ガラスをたたき割ると、バスのなかに侵入《しんにゅう》してきました。

「キャーーッ！」

男は、真ん中団の団員であることをことさら強調するかのように、バスの通路のど真ん中に立ち、カンフーの構えをしました。たったひとりで、このバスを制圧するつもりのようです。

「だれか、運転かわって！」

突然《とつぜん》、ナンが運転席から立ちあがりました。近くにいたあっちゃんこが、すかさずハンドルを押《お》さえます。でも、力が入りすぎて回してしまい、バスは大きく進路をそれて、みんなは反対側によろめきました。

「キャーッ！」

すかさずケンチャが、ケンチャ・マジックハンドをのばしてハンドルを握《にぎ》り、進路を安定させると、運転席に乗りこみました。

ところが、車はまっすぐに進んでいるはずなのに、男に立ちむかうナンの体はゆれています。その手には、ナンがフナン・コモンズで手に入れた果実酒のボトルが握《にぎ》られていました。ナンはそれを飲んでいたのです。カンフーの構えで、戦う気満々《まんまん》の男と、それに立ちむかう、だけども酔《よ》ってふらふらしているナン。それは異様な光景でした。男が、技を仕《し》掛《か》けようと、かすかに動いたその瞬間《しゅんかん》です。

「ええ!?」

勝負は、あっちゃんこがまばたきをしている間に終わっていました。男は、気絶してゆかに倒《たお》れていたのです。ナンは、お酒を飲めば飲むほど強くなる「酔拳《すいけん》」の使い手だったのです!

ナンの大活躍《かつやく》で、ひとつの危機は去りました。けれども、お酒を飲んでしまったナンには、もう運転はできません。かわりにケンチャが引き続きハンドルを握《にぎ》ることになりました。ケンチャは、バスの能力ギリギリまでスピードをあげて、なんとか真ん中団の車を引き離《はな》します。

後ろのほうでは、追っ手の車が、二台、三台と新たに合流し、増えていくのが見えました。

フナン・シティを出たときまでは気づかれていなかったはずなのに、どうして真ん中団は、みんなのバスを追ってくることができたのでしょうか。

「あっ!」シモイーダが気づきました。「あっちゃんこの絵本よ!」

あっちゃんこがスットコホルム氏からもらった絵本には、不思議の国でつくられているほかのすべてのものと同様、RFID《アールエフアイディー》タグが付けられています。そして、その絵本はスットコホルム氏の持ちものだと思われていたので、スットコホルム氏が誘拐《ゆうかい》されたときに、そのゆくえが追えるように、プライバシー保護の機構が解除されていました。

あっちゃんことヘルムートが、フナン・コモンズでパピーちゃんを見つけることができたのも、そのおかげですし、誘拐《ゆうかい》されそうになったあっちゃんこを乗せた車をみんなが追跡《ついせき》できたのも、そのおかげです。ですが、プライバシー保護の機構が解除されている以上、仲間だけでなく、ほかのだれもが同じことができるのです。真ん中団はそのことを使って、つまり、あっちゃんこのリュックに入っている絵本のＲＦＩＤ《アールエフアイディー》タグを手がかりにして、ここまでみんなを追ってきたのにちがいないのです。

「あっちゃん、絵本を捨てましょう」あっちゃんこのお母さんが提案しました。

ＲＦＩＤ《アールエフアイディー》を使っても、あっちゃんこの絵本を識別できないようにするためには、いろいろな方法があることを、お母さんは知っていました。たとえば、タグの部分だけでもアルミホイルで隠《かく》したり、タグを物理的に破損させたり、タグに記録されている番号を書きかえたり、番号の正常な読みとりを妨害《ぼうがい》する特殊《とくしゅ》なタグをいっしょに付けておいたりする方法です。

でも、いま、この状況《じょうきょう》では、絵本をバスの窓から捨ててしまうことが一番早くて、確実です。

「ええ!?」

「捨てるのよ、あっちゃんこ！」

シモイーダも、それが早くて確実だと思ったようです。

「やだもん！」

研究所の男の人がリュックに手をかけてきたので、あっちゃんこはあわててリュックを抱《かか》えこむと、みんなから逃《に》げるようにしてバスの後部座席のほうに走っていきました。あっちゃんこの絵本は、スットコホルム氏からもらった宝物です。だれにも渡《わた》すわけにはいきませんし、ましてや捨てるなんて、あっちゃんこには考えることができませんでした。

「あっちゃんこがいま絵本を捨てなければ、ここで真ん中団を追いはらっても、またすぐに見つかって、追いかけられてしまうのよ」

「あっちゃん、お願い、絵本を捨てて！」

みんなは説得を試みましたが、あっちゃんこは首を横に振《ふ》りつづけていました。

するど、パピーちゃんがあっちゃんこに近づいて、話しかけました。

「あっちゃんこ、みんなが困っているの」

「絵本はあっちゃんこのだもん！」

「あっちゃんこが絵本を捨てなければ、みんながまた危ない目にあうの。あっちゃんこの好きなみんなが、こわい思いをするの。もしかしたら、絵本を大切にすることも、結局できなくなってしまうの。それでもいいのなの？」

「んがも……」

あっちゃんこは、しばらく黙《だま》っていましたが、やがて、リュックのなかから絵本を取りだしました。そして、思いきるように、えいっと声をかけて、さっき真ん中団の男がたたき割ったガラス窓の外に、絵本を放りなげました。

あっちゃんこの絵本は、パラパラと音をたてながら、高架橋《こうか》の下のほうへと落ちていきました。

第8章

レジスタンスの結成

シモイーダの正体

一方、ケンチャは危機を感じていました。

いま、バスは快調に、ものすごいスピードで走っています。本当ならとても危ない運転ですが、そのこと自体は、ケンチャの計算能力を使って制御《せいぎょ》しているのでだいじょうぶです。でも、このバスにとって、耐《た》えられるギリギリのことをしているので、すぐにでもモーターがオーバーヒートしてしまうことも考えられます。そうなったらおしまいです。

そのようすを察したシモイーダは、決意を固めたようにこぶしを握《にぎ》りしめると、えいっというかけ声とともに、天窓からバスの屋根の上にジャンプしました。そしてみんながあっけにとられているなか、時速二〇〇キロ近い速度で走っているバスの屋根の上を、タンタンタンと音をたてて走り、道路に飛びおりると、グルグルと転がって、スタッと立ちあがり、真ん中団の車のまえに立ちはだかりました。

その姿が一瞬《いっしゅん》、あっちゃんこそっくりに変わって、すぐにまたシモイーダにもどりました。

「ああ！」

みんなは声をあげました。シモイーダがあっちゃんこロボだったのです！

シモイーダは両手を差しだすと、やってきた最初の車を素手で受けとめました。ドシン、という音がして車の前面がつぶれ、つんのめるように後ろのほうが跳《は》ねあがりましたが、シモイーダは平気です。そのまま両手で高だかと車を持ちあげました。

「シモイーダ！」

「あっちゃんこロボ！」

シモイーダ＝あっちゃんこロボは、車を持ちあげたまま、ゆっくりと、みんなのバスのほうをふり返りました。

「シモイーダ！」

シモイーダは、いつまでも、みんなのバスのほうを静かな表情で見つめていました。その背後から、真ん中団の車がたくさん迫《せま》ってくるのが見えました。

シモイーダの姿は、遠く、遠く離《はな》れていき、やがてみんなのバスからは見えなくなりました。

バスのなかは静かでした。

追っ手はいなくなりましたが、失ったものの大きさに、みんなは言葉を発することができなかったのです。

「シモイーダというのは……」研究所の人が、ようやく口を開きました。「SIMulated《シミュレイテッド》 Organism《オーガニズム》：Imitation《イミテーション》 of《オブ》 Intelligence《インテリジェンス》, Doings《ドゥーイングス》 and《アンド》 Appearance《アピアランス》、すなわち、疑似生物：知性、行動および外見のモノマネ、通称《つうしょう》SIM・O・I・I・D・A・《シモイーダ》という名前で……万能モノマネ機械であるコンピュータの能力を物理的に具現化する目的で開発されたのですが……」

その人は、そこで言葉をグッとつまらせました。

「でも、あの勇気はモノマネなんかじゃありません」

ケンチャとシモイーダ＝あっちゃんこロボは、どちらもスットコホルム研究所でつくられたロボットでした。シモイーダは、ケンチャの妹分にあたるロボットだったのです。

それから先、しばらく、やっぱりだれも言葉を発しませんでした。

誕生、レジスタンコ！

みんなを乗せたバスは、フナン地区のはずれにある街、ヴァーナに来ていました。

古風な風車のある街です。

参謀《さんぼう》のような役割を果たしていたシモイーダを失ったことで、あきらかにみんなの活気はなくなっていました。

でも、このまま何もしなければ、身を犠牲《ぎせい》にしてみんなを守ってくれたシモイーダの意志に報いることはできません。みんなは、何かを始めなければならないと感じはじめていました。

やがて、

「レジスタンスだよ」と、ロイスおばあさんが口火を切りました。

「それってどんなタンス？」あっちゃんこが聞きました。

「タンスじゃないよ。レジスタンスというのは、抵抗《ていこう》運動のことさ」

ロイスおばあさんは、みんなに提案をしました。

「わたしらは、わたしらなりの、真ん中ががんばらない方法で、あいつらに対抗《たいこう》するのさ。まだ起こってないことは、かならず変えられるんだからね。そうしなきゃ、あの娘《こ》に申し訳がたたないよ。この国に、レジスタンスのネットワークを広げなきゃね。インターネットを使ってみんなに呼びかけるよ」

「インターネットを使って呼びかけたら、真ん中団に盗聴《とうちょう》されないかしら」あっちゃんこのお母さんは疑問に思いました。

「PGP《ピージーピー》を使うさ」

PGP《ピージーピー》は、公開鍵《かぎ》と秘密鍵《かぎ》を使った暗号の仕組みの一種です。ロイスおばあさんの提案では、PGP《ピージーピー》で暗号化とデジタル署名をしたメッセージを、人づてに回していくことにより、真ん中団に知られることなしに、不思議の国にレジスタンスの輪を広げようというのです。

あっちゃんこ、ケンチャ、パピーちゃんの三人組は、一年まえの不思議の国での冒険《ぼうけん》の旅を思い出していました。シモイーダ＝あっちゃんこロボが、あっちゃんこになりすましたので、万能モノマネ機械であるコンピュータを相手にしても、確実に本物がどちらかわかる方法として、スットコホルム氏が謎《なぞ》かけを使って公開鍵《かぎ》暗号を教えてくれたのです。

「あのときの、あっちゃんこの叔父《おじ》さんの言葉をおぼえているかい？」ケンチャがあっちゃんこに聞きました。「叔父《おじ》さんは、『悪い一味をつかまえようとしている人たちも、暗号を使えば、一味に秘密で相談できるよ』と言ったんだ。いま、まさにそのことが、不思議の国で起きつつあるんだね」

叔父《おじ》さんはあのとき、政府が悪いことをしようとしたら、それを防ぐために暗号を使うことができる、ということもほのめかしていました。真ん中団はまだ政府ではありませんが、人びとの力で圧政に対抗《たいこう》するという意味では、やっぱり、叔父《おじ》さんの言っていたことがいま、起きようとしているのです。

「あっちゃんこ、ウンドーに名前をつけたよ」

あっちゃんこは、レジスタンスを別の呼び方で呼ぶことを思いつきました。どうしてもタンスのイメージがぬけないからです。

「あのね、『レジスタンコ』っていうんだよ」

あっちゃんこは、本当は「あっちゃん」である自分のことを「あっちゃんこ」と呼ぶ同じ要領で、「レジスタンス」にあだ名をつけたのです。

「可愛くて、いい名前じゃないかい？」ロイスおばあさんは気に入ったようです。

それは、本当によい名前でした。なんだかおかしくて、みんなにも笑顔がもどってきたのです。みんなは口ぐちにその名前をつぶやいて、言葉の感じを楽しみました。

不思議の国の仲間たちによる、真ん中団への抵抗《ていこう》運動、「レジスタンコ」の始まりです！

第9章

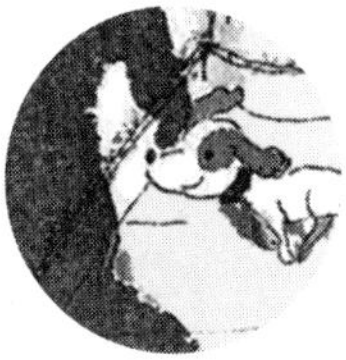

133 ミリ秒の抵抗《ていこう》

RESISTANCE《レジスタンス》 IS《イズ》 FUTILE《フュータイル》（抵抗《ていこう》は無用）

不思議の国の大都市、フナン・シティを武力で制圧した真ん中団は、その日のうちに中央政府を設立し、団長のマナカを大統領として、独裁的な政治を開始しました。

けっして不思議の国全体が制圧されたわけではなかったのですが、フナン・シティに住む人びとを人質にとられたようなかたちとなり、ほかの地域の人びとには、手が出しにくくなっていたのです。

マナカは、

RESISTANCE《レジスタンス》 IS《イズ》 FUTILE《フュータイル》

抵抗《ていこう》は無用

というスローガンを、マナカらしく、二度書いたポスターを街じゅうに貼《は》らせ、抵抗《ていこう》運動を牽制《けんせい》しました。

そして、つぎのような、三か条からなる禁則を発表しました。

1―不思議の国の国民は、許可なく集会やデモをおこなってはならない。
2―不思議の国の国民は、許可なく放送をおこなってはならない。
3―不思議の国の国民は、許可なく出版をおこなってはならない。

さらにマナカは、不思議の国の、中心がないイメージをきらい、徹底《てってい》して真ん中団の趣味《しゅみ》に合わせるよう、フナン・シティの改造をおこなうことにしました。手始めに変えさせられたのは、名前です。

フナン・シティの交通のかなめのひとつ、ポート・リバティは、「ポート・オーソリティ」（権威《けんい》港）という名前になってしまいましたし、フナン・コモンズのそばにある、鉄道のたくさんの路線が交わるサーカス駅は、「グランド・セントラル・ステーション」という名前に変わってしまいました。そして、フナン・コモンズは、「セントラル・パーク」という名前にさせられました。

住民たちは、なじみのある名前を使えなくなって、憤慨《ふんがい》していました。

それから、住民の教育が重要であると考えたマナカは、学校のない不思議の国に「真ん中大学」を設立し、ちゃっかりその初代学長の座に就任しました。

つぎにマナカが実施《じっし》したのが、「経済警察」です。それは、真ん中団の団員たちの見回りにより、真ん中銀行券を使わない経済を取り締《し》まるのが目的でした。

そんななか、ロイスおばあさんの提案で始まり、そしてあっちゃんこが名づけ親となった抵抗《ていこう》運動、「レジスタンコ」への参加を呼びかける暗号メールは、めまぐるしいスピードで人びとのあいだをめぐっていました。

そのメールは、ヒッチハイク関係などをとおした、日常の経済活動のなかで培《つちか》われた信頼《しんらい》の輪（web《ウェブ》 of《オブ》 trust《トラスト》）のなかだけで回っていました。

■新たな仲間

その夜、フナン地区のはずれにある街、ヴァーナの宿で、あっちゃんこ、ケンチャ、パピーちゃんの三人組や、あっちゃんこのお母さん、ロイスおばあさん、ヘルムート、ナンといった、「レジスタンコ」の発起人となった仲間たちは、みんなで夕食を食べながら、今後のことを相談していました。そこには、みんなの乗ったバスを襲《おそ》い、ナンの酔拳《すいけん》によって気絶させられた真ん中団の団員、ジャン・ルーの姿もありました。

彼《かれ》は、みんなの身の安全をおびやかして、シモイーダ＝あっちゃんこロボが犠牲《ぎせい》になる原因をつくった帳本人のひとりです。それでもみんなは、ジャン・ルーを新しい仲間として温かく迎《むか》えていました。真ん中団についての情報の提供者として役に立つという面もありましたが、それよりも、ヴァーナでのこれまでの彼《かれ》の行動を見て、ジャン・ルーが悪い人ではないことを、みんなが知ったからです。

いまからさかのぼること数時間まえ、その日の夕方に、ジャン・ルーはいったん解放されました。そもそも、みんなはだれかの身柄《みがら》を、たとえそれが真ん中団の団員であっても、拘束《こうそく》するようなことはしたくなかったし、真ん中団の団員がそばにいて、「レジスタンコ」の計画が真ん中団にもれてしまうようなことは避《さ》けなければならなかったからです。そこで、バスのなかでジャン・ルーが目を覚ますのを待って、ヴァーナの街のはずれで彼《かれ》を解放したのですが、彼《かれ》はすぐにもどってきました。真ん中団の主張する、真ん中ががんばる仕組みの優位性を見せたいというのです。その意味で、彼《かれ》は確信犯、すなわち、正しいと信じておこなう犯罪をおかしているのだといえました。

ジャン・ルーは、念のためナンが同行することを条件に、あっちゃんこやヘルムートなど、こどもたちと連れだって、ヴァーナの市場に向かいました。

道すがら、彼《かれ》は、不思議の国の自然や人びとにどれほどの可能性があるか（それについては、みんなはまったく異論はありませんでした）、そして真ん中団だけが、その可能性をすべて引きだすことができるという主張や、彼《かれ》にとっての豊かな生活の意味、それを支える真ん中銀行の役割など、彼《かれ》が考える理想を熱っぽく語りました。

ジャン・ルーは、真ん中団から給金として支払《しはら》われた真ん中銀行券をたくさん持っていたので、自分をお金持ちだと考えていました。そして、こどもたちにお菓子《かし》を買いあたえることによって、いまや中央政府がその価値を保証する真ん中銀行券の効用を認めさせようとしたのです。ところが、彼《かれ》がたよりにしていた真ん中銀行券は、どのお店でも受けとってもらうことはできませんでした。そのような事態が起きることを憂慮《ゆうりょ》してマナカが始めた経済警察も、ヴァーナではまったく機能していなかったのです。フナン地区の住民一人ひとりに対して、ひとりの団員＝警察官をおくのは不可能だからです。

「わたしら不思議の国の住民は、あなたとはちがって、主義でここにいるんじゃない人たちも多いんだ」最後に立ちよった店の経営者は、ジャン・ルーに向かってこう言いました。「むしろ、そんな人たちが主流。合理的な判断でここにいるんだよ」

市場の人たちは、ジャン・ルーほど強い信念をもって真ん中銀行券を拒否《きょひ》したのでも、なんでもありませんでした。ただたんに、ほかの人がだれも受けとらないようなお金を自分が受けとっても、使えないと判断しただけなのです。うなだれて宿に帰ってきたジャン・ルーを、「レジスタンコ」の面々《めんめん》は優しく迎《むか》え入れました。

■ネットワーク贈答《ぞうとう》経済

食卓《しょくたく》での話題は、真ん中団の資金源についてでした。

たとえ、不思議の国の人びとがだれも真ん中銀行券を受けとろうとしなくても、真ん中団は、これまでに、武器や車をどこかから買ったり、団員たちの食糧《しょくりょう》や寝床《ねどこ》を用意していました。その財源がどこにあるのか、それがわかれば、真ん中団に対抗《たいこう》する方法もきっと見つかるはずでした。

「真ん中団は、外国の企業《きぎょう》から出資を受けている」ジャン・ルーは、ポツリと言いました。「その見返りに、真ん中銀行券を発券して渡《わた》していると聞いている」

それは、どういう企業《きぎょう》で、どんな目的をもっているのでしょうか。

「オレにはよくわからない」

「表層的には、金もうけのためだね」

ロイスおばあさんは、こう分析《ぶんせき》しました。

スットコホールなどの新鋭《しんえい》技術の存在に加え、化石燃料への依存《いぞん》度がゼロである社会をつくっている不思議の国には、これからの地球を生きていくうえで必要なノウハウがつまっています。外国の企業《きぎょう》は、真ん中銀行券をあらかじめ安く大量に購入《こうにゅう》しておいたうえで、そのノウハウを独占《どくせん》し、かつ、不思議の国で生産される食糧《しょくりょう》を独占《どくせん》し、その輸出をコントロールします。そして、真ん中銀行券のみを取引通貨とすることにより、真ん中銀行券を新たに世界の機軸《きじく》通貨とし、莫大《ばくだい》な富を得よう、というようなシナリオです。

「金もうけのシナリオは、それだけじゃないけどね。あと、その裏には、不思議の国の経済をよく思っていない勢力がいる、ということだろうね」

「ケーザイって?」あっちゃんこが聞きました。

「交換《こうかん》が、わたしたちの生活の基礎《きそ》なのさ」

ロイスおばあさんはそう言ってから、あっちゃんこにわかるように説明するにはどうしたらよいか、しばらく考えました。

「そうだね、まとめて言うとね、

1—みんなの役に立つものをつくったり、役に立つことをしたり、人を楽しませたりすること。

2—そういうものをみんなに配って、分けあたえたり、経験してもらったりすること。

3—分けあたえられたものを使ったり、楽しんだりすること。

そうしてかたちづくられていく、人と人とのつながり全体、それが経済なんだよ」

不思議の国の経済の仕組みであるNEO《ネオ》（新経済秩序《ちつじょ》：New《ニュー》 Economic《エコノミック》 Order《オーダー》）は、進んでいるというよりむしろ、原始的で、贈《おく》ったり贈《おく》られたりする関係にもとづいていました。そのような関係は、人類の歴史のなかで、人口が増え、経済の規模が大きくなるにつれて、貨幣《かへい》経済によっておきかわっていきました。

しかしNEO《ネオ》は、デジタル技術をたくみに応用することで、人間がそもそもおこなっていた贈答《ぞうとう》という方法でも、経済はうまくいくのだということを示したのです。世界には、**そのことをよく思っていない人たち**が存在するということを、ロイスおばあさんは言いたいようでした。

■暗闇《くらやみ》のなかの光

夜もふけ、おとなたちが作戦会議をしているあいだ、こどもたちは隣《となり》の部屋で寝《ね》かしつけられました。でも、みんなは寝《ね》たふりをしていただけです。あっちゃんこ、ケンチャャ、パピーちゃん、そしてヘルムートの四人は、もそもそと起きだすと、暗がりのなかで、こどもたちだけで作戦会議の真似ごとを始めました。

しばらくすると、あっちゃんこが、非常灯として部屋におかれていた懐中電灯《かいちゅう》を見つけました。あっちゃんこは懐中電灯《かいちゅう》をパピーちゃんのほうに向けると、「ピッ」とスイッチを入れました。するとパピーちゃんは「ワンッ、ワンッ」とほえながら、懐中電灯《かいちゅう》から出た光をよけて、あっちゃんこの周りをぐるぐると走り回りました。

それが少し騒《さわ》がしかったので、隣《となり》の部屋からあっちゃんこのお母さんがやってきました。

「あっちゃん、ダメじゃないの」

「まあまあ、いいじゃないかい」

いつの間にかロイスおばあさんが後ろに立って、あっちゃんこたちが遊ぶようすを微笑《ほほえ》んで見ていました。

「光は速いんだよ。パピーちゃんは、よけられるかな?」

あっちゃんこは夢中で、懐中《かいちゅう》電灯の光でパピーちゃんを追いかけています。

「うん、光は速いんだ。地球を一周するのに、133ミリ秒しかかからないんだよ」とケンチャが言いました。

「でも、光はまっすぐ進むんでしょ?」ヘルムートは、いささか根本的な疑問を投げかけました。「地球は丸いのに、光が地球を一周するなんて、変だよね」

「うーん、重力で空間は曲がるので、光はまっすぐ進んでいても、曲がって見えることはあるんだけど、でも地球の重力は……」

ケンチャは、なにやらひとりでブツブツとつぶやいています。

「じゃあね、リレーすればいいんだよ」

あっちゃんこはそう言うと、かけっこの格好をしました。テレビで観て、しばらく真似をしていたときがあったのです。あっちゃんこ、ケンチャ、パピーちゃんの三人組でリレーごっこをするときは、三角のかたちになって、バトンタッチしていきます。すると、最後の走者は、最初に走りだした人がいたところにもどってくるのです。

パピーちゃんが、隣《となり》の部屋からもうひとつ懐中《かいちゅう》電灯を借りてきました。

あっちゃんこが放った光をパピーちゃんが受けとると、今度はパピーちゃんがケンチャに送ります。

ケンチャは、ケンチャ・アイを光らせて、あっちゃんこに光を送ります。そうすれば、時間はかかりますが、光はもとの場所にもどってきます。そのようすを見ていたロイスおばあさんの表情が、パッと明るくなりました。

「あんたの言うとおりだったよ、先生」ロイスおばあさんはつぶやきました。「暗闇《くらやみ》のなかでは、灯《あか》りをともすことを忘れちゃいけないんだね」

ロイスおばあさんは、何か昔のことを思い出しているようでした。

「ちょっと失礼するよ。DJ《ディージェー》フェリーニに、暗号メールを書かなきゃね」

その後、もう一通の暗号メールが不思議の国じゅうをかけめぐり、おとなたちの手によって何かが準備されるあいだ、遊びつかれたこどもたちは、すやすやと眠《ねむ》りました。

RESISTANCO《レジスタンコ》　IS《イズ》　FERTILE《ファータイル》（レジスタンコはどんどん生みだす）

つぎの朝、

RESISTANCO《レジスタンコ》 IS《イズ》 FERTILE《ファータイル》

レジスタンコはどんどん生みだす

というスローガンが印刷され、あっちゃんこの写真がデザインされたポスターが貼《は》られているのが、ファン・シティのいたるところで見つかりました。

このポスターは、もはやすでに不思議の国全体に広がっていた「レジスタンコ」の存在を、真ん中団に知らしめる意味をもっていました。また、真ん中団に抵抗《ていこう》するこの運動は、肥沃《ひよく》な土地のように、新しい芽を、花を、実を生みだし、生活を豊かにするのだという主張を表していました。

治安を守るという名目でパトロールしていた真ん中団の団員たちは、ポスターを見つけると、それらをはがしてまわりましたが、またしばらくすると、同じ場所にポスターは貼《は》られていました。

■光は地球を回る

一方、あっちゃんこたちのまわりでは、「レジスタンコ」の活動の一環《いっかん》として、不思議の国の新しい国歌が録音されようとしていました。いまや、不思議の国の国歌は、真ん中団が勝手に決めていましたが（例の「真ん中讃歌《さんか》」です）、それとは別に、国歌フォーラムが夕べつくった今月の国歌、「133ミリ秒」が録音されようとしていたのです。

真ん中団がつくった中央政府は、人びとが許可なく放送をおこなうことを禁止していました。そのため、公共のスタジオ施設《しせつ》は真ん中団により占拠《せんきょ》され、ニュースジョッキーやDJ《ディージェー》の個人宅にあるスタジオも、つねに監視《かんし》されているような状況《じょうきょう》でした。

そこで「レジスタンコ」は、路上で録音し、データをインターネットで集めて、一曲にまとめることにしました。
ロイスおばあさんは、語りの部分に参加することを頼《たの》まれて、しぶしぶ承知しました。

One《ワン》 hundred《ハンドレッド》 thirty《サーティ》 three《スリー》 milliseconds《ミリセカンズ》.
That's《ザッツ》 how《ハウ》 long《ロング》 it《イット》 takes《テイクス》 for《フォー》 the《ザ》 light《ライト》 to《トゥー》 go《ゴー》 around《アラウンド》 the《ジ》 Earth《アース》.
Let's《レッツ》 take《テイク》 hold《ホールド》 of a《オブア》 flash《フラッシュ》 light《ライト》, and《アンド》 pass《パス》 the《ザ》 signal《シグナル》 on《オン》 and《アンド》 on《オン》.

133ミリ秒。
光が地球を回るには、それだけの時間がかかる。
懐中《かいちゅう》電灯を握《にぎ》って、信号を回そう。

道のいたるところで、この台詞《せりふ》を読みあげている人びとの姿が見えました。
歌もいろいろな場所で歌われましたが、その一部は、みんなが夕べ泊《と》まったヴァーナの宿で録音されることになりました。ソロを歌うことになった、宿で働くお姉さんは、ちょっと緊張《きんちょう》ぎみです。

One《ワン》 hundred《ハンドレッド》 thirty《サーティ》 three《スリー》 milliseconds《ミリセカンズ》.

That's《ザッツ》 the《ザ》 time《タイム》 the《ザ》 light《ライト》 will《ウィル》 go《ゴー》 around《アラウンド》 the《ジ》 Earth《アース》.
Let's《レッツ》 take《テイク》 hold《ホールド》 of《オブ》 a《ア》 flash《フラッシュ》 light《ライト》, and《アンド》 pass《パス》 the《ザ》 signal《シグナル》 on《オン》 and《アンド》 on《オン》.
The《ザ》 light《ライト》 will《ウィル》 go《ゴー》 around《アラウンド》 the《ジ》 Earth《アース》.

133ミリ秒。

それは光が地球を回る時間。


懐中《かいちゅう》電灯を握《にぎ》って、信号を回そう。

光は地球を回る。


ロイスおばあさんやそのほかの人びとによる語りや、さまざまな場所で、さまざまな人びとによって歌われたヴォーカルトラックは、真ん中団の目につくことを避《さ》けながら、音楽ユニットUnnecessary《アンネセサリー》 Noise《ノイズ》 Prohibited《プロヒビティッド》とDJ《ディージェー》フェリーニの手により、地下鉄のなかでミックスされ、曲は完成しました。

そうしてできあがった、今月の不思議の国の国歌「133ミリ秒」は、**P2P**《ピートゥーピー》（**peer-to-peer**《ピア・トゥー・ピア》）のファイル共有を使って、放送されることなしに、あっという間に世界中で聴《き》かれるようになりました。

この曲は、じつは、これから起きる出来事のテーマ曲だったのです。

お昼ごろ、ポスターをめぐる攻防《こうぼう》に加えて、「レジスタンコ」の新たな動きが始まりました。フナン・シティのまちなかに、懐中電灯《フラッシュライト》を持った群衆《モブ》が現れたのです（すなわち、フラッシュ・モブです！）。そのなかには、あなたの姿も見えました。おそらく、「レジスタンコ」のメールを読んで、こうしてはおれないと、はるばる不思議の国までやってきたのにちがいありません。

人びとが集会やデモ行進をおこなうことは、真ん中団がつくった中央政府が禁止していました。しかし、懐中《かいちゅう》電灯を持った人びとは、なにくわぬ顔で歩いていましたし、だれもたがいに口をきかなかったので、ちょっと見ただけでは、それが同じ目的をもって集まった人びとの群れだとはわかりませんでした。

人びとは、しだいに、たがいから長く距離《きょり》をおいて立ち止まっていき、やがて一列に並びました。その列は、フナン・シティを南北に縦断し、さらに北へとつながっていました。

列のなかには、ところどころに、真ん中団に顔が知られているあっちゃんこたちが、変装してまぎれこんでいました。

時計台でお昼の鐘《かね》が鳴るのと同時に、列の一番はしにいたあっちゃんこが、懐中《かいちゅう》電灯のスイッチを「ピッ」と入れました。そして、その光を見たつぎの人が「ピッ」とその隣《となり》の人に光を送り、つぎつぎと、光は人びとのあいだをめぐっていきました。パピーちゃんが、ケンチャが、ヘルムートが、あっちゃんこのお母さんが、ロイスおばあさんが、ナンが、ジャン・ルーが、そしてあなたが、光をつぎつぎと隣《となり》の人に回していきます。

そのようすを写真やビデオで撮《と》る人びともいましたが、じつはその人たちも「レジスタンコ」の仲間でした。

パトロールをしていた真ん中団の団員たちは、ようやく何かが起こっていることに気づきましたが、人びとは、懐中電灯《かいちゅう》で光を送るとすぐに、ほかの群衆にまぎれてしまい、だれもつかまえることはできませんでした。

ヘッドフォンで音楽を聴《き》き、踊《おど》りながら光を回していく人たちもいました。DJ《ディージェー》フェリーニの仲間のモバイル・クラバーにちがいありません。何かの仮装をしている人たちもいます。みんな楽しそうです！　湖ではボートに乗った人びとが、谷では吊《つ》り橋の上の人が、つぎつぎと光を送っていきました。

そして光は山を超《こ》えて、北へ、北へと送られていったのです。

これが「レジスタンコ」によるデモンストレーション、「133ミリ秒」でした。

懐中《かいちゅう》電灯の光は、人づてにどんどん、どんどん、伝わっていき、あるときは灯台の光として、あるときは大洋を横断するヨットの上で灯《とも》されたランタンの光として、あるときは気球からの信号として、そして、133ミリ秒よりも長い長い時間をかけて、ぐるりと地球を一周しました。

■「133ミリ秒」のインパクト

このデモンストレーションにより、概念的《がいねん》には、地球を光の輪が包みました。

真ん中にあるのは地球です。光の輪は円ですから、その円周の上には、どこにも中心がありません。

1—わたしたちは、中心を求めない。

2—中心があるとすれば、それは地球の上で生活するわたしたちにとっては、地球という自然である。

3—わたしたちは、自然と、人間という自然が本位となることを願う。

デモンストレーション「133ミリ秒」によって表現されたこれらの主張は、強烈《きょうれつ》なメッセージとなって、世界中に伝わりました。

「133ミリ秒」がそれぞれの地域で起こったのは一瞬《いっしゅん》のことでしたが、光の信号を回す人たちと、そのようすを撮影《さつえい》する人たちの役割が決まっていたので、ことの一部始終が映像として記録に残されました。

真ん中団がつくった中央政府は、人びとが許可なく出版をおこなうことを禁止していましたが、「133ミリ秒」の映像と記事は、出版の繁雑《はんざつ》な手続きを経ることなしに、ブログによって公開されました。そして、各国のメディアは、こぞってそのようすを伝えたのです。

真ん中団の崩壊《ほうかい》

「133ミリ秒」の話題で世界がわきたつなか、真ん中団の秘密基地では、マナカを囲んで会議がおこなわれていました。会議の参加者たちは、しばらく何かを話していましたが、やがて、ひとり、またひとりと立ち去っていきました。

残されたマナカは、がっくりと肩《かた》を落としました。

会議に参加していたのは、真ん中団に資金を援助《えんじょ》していた**ヘッジファンド**の代表者たちでした。彼《かれ》らは真ん中銀行券を使い、外国為替《かわせ》市場で莫大《ばくだい》な利益を得ることをもくろんでいました。しかし、真ん中団がつくった中央政府は正規の政府ではなく、侵略《しんりゃく》者であることが、世界中に知れわたってしまったいま、彼《かれ》らは、真ん中団とのつながりが発覚するのをおそれて、手を引いたのです。

そして、すべての真ん中銀行券は売りはらわれ、資金は引きあげられていきました。

これまでの唯一《ゆいいつ》の受けとり手だった投資家たちが去ったことにより、真ん中銀行券はまったくの紙クズと化してしまいました。もともと、通用することのなかったお金ですが、人びとが、幻想《げんそう》からすっかり醒《さ》めてしまったのです。

大統領から一文なしへ。マナカは一瞬《いっしゅん》で転落してしまいました。

「なぜなんだ、なぜなんだよ」マナカは独り言をつぶやいていました。「真ん中ががんばれば、世界は救える、真ん中ががんばれば、世界は救えるはずじゃなかったのか。オレが世界経済の監督《かんとく》者になって、オレが世界経済の監督《かんとく》者になって、みんながど真ん中にまかせてくれれば、みんながど真ん中にまかせてくれれば、世の中がよくなる、世の中がよくなるはずじゃなかったのか。それがオレの正義、それがオレの正義じゃなかったのか」

マナカは、過激な方法ではありますが、善《よ》いことをやっているつもりだったのです。

「正義？」最後に部屋を出ようとしていた男が、足を止め、マナカのほうをふり返りました。「世の中の善悪なんてものは、美人投票にすぎないよ」

それは、多くの人が善だと思っていることが善なのだ、という意味でした。

「今回のことで、世界の多くは、君よりも不思議の国の住民たちを支持するだろう。そうしたら、多くの人が投票するだろうほうに、さきんじて投票するだけなんだな、これが」男は不敵な笑みを浮《う》かべました。「どっちに転んでも、私たちは儲《もう》かる仕組みだよ」

そして、男は出ていき、マナカはただひとり、広い部屋の真ん中にポッンと残されました。

そのころ、あっちゃんこたち「レジスタンコ」の仲間は、真ん中銀行の建物のまえで、ものかげに隠《かく》れて機会をうかがっていました。みんなは、真ん中銀行こそが真ん中団の秘密基地であると見ぬいていたのです。

やがて、建物のなかから、不満げな団員たちが大挙して出てくるのが見えました。どうやら「レジスタンコ」の目的の半分は達成できたようです。フナン・シティを制圧し、一時は勝手に政府までつくりあげた真ん中団は、あっという間に崩壊《ほうかい》したのでした。

「投資していた人たちも、これで大損かしら」

「そんなことはないね」ロイスおばあさんは言います。「どうせやつらは、ヘッジファンドだろう？真ん中団とレジスタンコのどちらが勝っても儲《もう》かるように、手はずをふんでいるはずさ。リスクを両掛《りょうが》け（ヘッジ）するのがヘッジファンドだからね」

たとえば、真ん中銀行券より、食糧《しょくりょう》をふくむ不思議の国の自然のほうが価値が高い、と世界が考えるなら、ヘッジファンドはそちらに投資するのみで、おおかた、真ん中団が不思議の国の侵略《しんりゃく》に着手するまえから、着々《ちゃくちゃく》と準備を進めていたのではないか、とロイスおばあさんは分析《ぶんせき》していました。

「それじゃ、どちらにせよ、その人たちの勝ちってわけなのね」

「いや、そんなことはないよ」ロイスおばあさんは言いました。「不思議の国のものが、お金で買えると思うかい？」

「レジスタンコ」のつぎのステップは、スットコホルム氏の救出でした。

あっちゃんこたちは、手薄《てうす》になった真ん中銀行の建物にやすやすと侵入《しんにゅう》し、スットコホルム氏が拘束《こうそく》されている部屋を探しました。みんなは建物のなかの入り組んだ通路を走り、部屋のドアをひとつひとつ開けて、スットコホルム氏を探しました。ときどき出会う真ん中団の元団員たちは、あっちゃんこたちの姿を見かけても、無気力に目で追うだけで、何も行動を起こしませんでした。

やがて、ある部屋のドアを開くと、そこにはスットコホルム氏の姿がありました。

「やあ、早かったね」みんなの気配を感じると、スットコホルム氏はそう言いました。誘拐《ゆうかい》から七十二時間後、スットコホルム氏はようやく救出されたのです。

「早くこの建物から出るんだよ。不穏《ふおん》な空気を感じるからね」

「おや、その声はロイスだね」

「久しぶりだね、先生」

「知ってるの？　おじいちゃん」

「ははは」スットコホルム氏は笑いました。「この人はNEO《ネオ》を考えだしたメンバーのひとりさ」

みんなはびっくりして、ロイスおばあさんのほうを見ました。

「おばあさんは経済学者だったの？」

「やだね、よしてくれよ、わたしは学者なんかじゃないよ」ロイスおばあさんは、ちょっと照れた感じでこう言いました。「ただ、経験だけはなぜか豊富でね、この国の仕組みにちょっと口を出しただけさ」

車イスが見あたらなかったので、ジャン・ルーとナンが、両側からスットコホルム氏の体を支えました。

「光栄です」

ナンは、スットコホルム氏の耳元でそう言いました。

「いや、私こそ光栄だよ。こんなお嬢《じょう》さんに……」そこまで言ってから、スットコホルム氏はジャン・ルーのほうに顔を向けました。「おや、こちらの若者は……また肩《かた》を貸してもらうことになったね」

「恐縮《きょうしゅく》です」

みんなはエレベータのほうに向かいました。

そのとき、急に、階下が騒《さわ》がしくなり、警報が鳴りひびきました。

暴徒と化した真ん中団の元団員たちが、真ん中銀行の建物に火を放ったのです！

マナカを罵倒《ばとう》する声とともに、下のほうでは、ガラスが割られる音や、小さな爆発《ばくはつ》のような音も聞こえました。

「屋上へ逃《に》げましょう！」

火は下から燃え広がっているようでしたので、上に逃《に》げるしかありません。真ん中団が崩壊《ほうかい》したいまなら、間もなく消防団が消火に駆《か》けつけるでしょう。それまでの時間かせぎができればよいし、自警団に連絡《れんらく》をとって、ヘリコプターで助けにきてもらうこともできるはずです。

煙《けむり》や熱気がしだいにひどくなるなか、みんなは身を低くしながら階段をのぼって、ようやく屋上にたどり着きました。

するとそこには、みんなの到着《とうちゃく》を待ちかまえていたかのように、拳銃《けんじゅう》を手にしたマナカが立っていました。

第10章

最後の対決

❖拳銃《けんじゅう》と鴨《かも》

拳銃《けんじゅう》を持ったマナカは、黙《だま》ったまま、みんなのほうを見つめました。

あっちゃんこは、パピーちゃんを抱《だ》きかかえました。あっちゃんこのお母さんは、あっちゃんことパピーちゃんをかばうようにして、その前に立ちました。さらに、ケンチャがその前に出て、ケンチャ・マジックハンドを広げました。

ロイスおばあさんは、ヘルムートの手をとると、自分の後ろに隠《かく》れるようにうながしました。

ナンとジャン・ルーは、スットコホルム氏を肩《かた》から降ろし、マナカの前に立ちはだかりました。

マナカは黙《だま》ったままでした。

「親分！」

後ろから声がして、真ん中団の元団員のひとりが走ってきました。マナカとスットコホルム氏が激論を戦わせたとき、あいだに入っていた小柄《こがら》な太った男です。

「親分、やめてください！」

そのとき、拳銃《けんじゅう》を持ったマナカの右手が、ゆっくりと動きだしました。

そしてマナカは、銃口《じゅうこう》を自分のこめかみに当てて、引き金に指をかけました。

「あ！」

「親分！」

「んがも！」

あっちゃんこのお母さんは、ハッとしてふり返ると、あっちゃんこの目を手で覆《おお》いました。あっちゃんこは、その手をふり払《はら》って、空のほうを指さすと、また叫《さけ》びました。

「んがも！」

みんなが、なんだろうと思ってあっちゃんこが指さすほうを見ると、何かが飛んでくるのが見えました。

それは、あの風来坊《ふうらいぼう》にしてガンカモ科の鴨《かも》、「んがも」でした。本当に、んがもが飛んできたのです！

んがもは猛《もう》スピードで、みんなのいる真ん中銀行の屋上まで滑空《かっくう》してくると、マナカの目のまえまで来て、バタバタと羽根を羽ばたかせて、ホバーリングしました。そして、マナカが驚《おどろ》いて左手で払《はら》いのけようとする、そのすきに、すばやく、くちばしで右手の拳銃《けんじゅう》を奪《うば》いとると、マナカから少し離《はな》れたところに着地しました。

その姿が、あっちゃんこの姿に、一瞬《いっしゅん》、変わって、それからシモイーダの姿に変化しました。

「シモイーダ！」

「生きてたんだね！」

「こいつが死ぬものか」マナカの子分は、目に涙《なみだ》を浮《う》かべていました。「こいつはおれたちの部隊をひとりで全滅《ぜんめつ》させたんだ」

「ごめんなさい。さすがにエネルギーの消耗《しょうもう》が激しかったので、しばらく動けなかったの」

子分は、シモイーダに近づくと、その両手をとって、ギュッと握《にぎ》りました。

「ありがとう！」

子分は、マナカの命を救ってくれたお礼を言いたかったのです。

と、シモイーダは突然《とつぜん》、ぐったりとして、その場に倒《たお》れこみました。

「シモイーダ！」

「お、おい、なんだよ、おれが手を握《にぎ》ったくらいで」

「ちがうわ。ちょっと疲《つか》れただけよ」シモイーダは、駆《か》けつけたあっちゃんこたちのほうに視線を移しました。「あっちゃんこ、パピーちゃん、ケンチャ、そして、あっちゃんこのお母さん」シモイーダは微笑《ほほえ》んでいます。「不思議の国を救ってくれて、ありがとう。ここはもう、だいじょうぶのようね」

「あっちゃんこ、別に何もしてないよ」

あっちゃんこは、スットコホールを通って不思議の国にふたたびやってきてから、ヘルムートに助け

られたり、ナンの車に乗せてもらったり、フナン・コモンズでキャンディを買ったり、ヒロミに誘拐《ゆうかい》されそうになったり、スットコホルム氏からせっかくもらった絵本を捨てたり、「レジスタンコ」の名づけ親にはなったけれど、ポスターに載《の》ったり、懐中電灯《かいちゅうでんとう》で光を回したりしただけで、自分が特別に、不思議の国を救うために何かをしたという実感はありませんでした。

シモイーダは、何も言わずに、あっちゃんこのほうを見て微笑《ほほえ》んだだけでした。

そしてシモイーダは、一瞬《いっしゅん》、あっちゃんこの姿になったかと思うと、んがもの姿にもどって、静かに目を閉じました。

「シモイーダ！」

「だいじょうぶ。眠《ねむ》っているだけだよ」寝息《ねいき》を察知したのか、スットコホルム氏が言いました。「彼女《かのじょ》には休息が必要なのだ。そっと寝《ね》かしておいてあげなさい」

一方、一文なしになり、そのうえ拳銃《けんじゅう》も奪《うば》われたマナカは、どうすることもできず、がっくりとその場にひざをつき、座りこみました。

再出発

「さあ、これからどうするかね」

スットコホルム氏にそう言われて、マナカは顔をあげました。

「どうするったって……、どうするったって……」

これだけ悪いことをしてきたマナカです。警察につかまえてもらうしかないでしょう。そして法の裁きを受けるのです。

しかし、とマナカは気づきました。不思議の国には中心がないのです。権威《けんい》をもつ中心がない国にとって、警察とは、法とは、なんなのでしょうか。

「不思議の国には、警察はないのか。不思議の国には、警察はないってことなのか？」

スットコホルム氏やロイスおばあさん、ナン、ヘルムートといった、以前からの不思議の国の住民たちはうなずきました。

「もちろん、あんたは罪をつぐなっていくんだよ」ロイスおばあさんが言いました。「だから、あんたのこれからが、とても大事なのさ」

みんなに迷惑《めいわく》をかけたうえ、一文なしになったマナカでしたが、不思議の国は失敗した人にも優しかったのです。というよりむしろ、それは厳しさの表れなのかもしれませんでした。これから、どうやり直すのか、そのことが問われていたのです。

あっちゃんこは、リュックのなかからけろんぱんを取りだしました。

「あげるよ」

あっちゃんこは、お金を失ってしまったマナカが、おなかがすいたら何も買えなくて大変だと思ったのです。

「ありがとう」マナカは、けろんぱんの包みを握《にぎ》りしめました。「ありがとう」

包みを握《にぎ》るその手に、涙《なみだ》のつぶがポタポタと落ちていきました。

あっちゃんこは、リュックの口を閉じようとして、ごっこ遊びでつくりかけた小切手が入っているのに気づきました。

あっちゃんこは、ひざをつくと、小切手を下において、クレヨンで「まなかさんへ」と書きました。そして、「あっちゃんこ」とサインをすると、ごっこ遊びでつくった「100ちゃんこ」の小切手を、マナカに渡《わた》したのです。

「これもあげる」

「これは……」マナカは、あっちゃんこにもらった小切手を見つめました。

「こ、これは！」

「そうだよ」ロイスおばあさんの声は、少し震《ふる》えていました。「あんたにも、それが何を意味するのか、わかるんだね？」

そして、あっちゃんこに、本当に小切手をマナカにあげてよいのか、聞きました。

「いいのかい、あっちゃんこ」

「うん、いいよ」

「あの、あれは」あっちゃんこのお母さんは、少しあわてているようすです。「あっちゃんがごっこ遊びでつくった小切手よ。価値があるの？」

ロイスおばあさんは、笑ってこう答えました。

「新しい商売を始めるには、十分な価値だね」

価値を決めるのは、可能性と、物語です。

まだ幼いあっちゃんこには、無限の可能性があります。

そして街は、あっちゃんこの写真をデザインした、レジスタンコのポスターであふれています。不思議の国を救ったヒロイン、あっちゃんこの物語がきざまれたこの小切手は、NEO《ネオ》のもとでは大変な価値を持っていたのです。

もちろん、NEO《ネオ》のもとであっても、お金が誕生するのは、そこに負債《ふさい》が生まれることを意味しています。あっちゃんこは、将来、社会に何か大きな貢献《こうけん》をすることを約束したことになります。

これまであっちゃんこは、お母さんからおこづかいをもらっていました。それは、あっちゃんこのお母さんが働いて、みんなから「ありがとう」と言われるような、値打ちのあることをしたからお金が生まれていたのです。今度はあっちゃんこが、いまはできないかもしれないけれど、未来にきっと、みんなから「ありがとう」と言われるような、とても価値があることをすると約束したということなのです。

あらためて、そのことをロイスおばあさんが確認すると、あっちゃんこは笑顔でこう答えました。

「うん、あっちゃんこ、おとなになったら、世の中の役に立つことをするよ」

そして、あっちゃんことロイスおばあさんは、指切りげんまんをして未来のための約束をしました。

マナカは、あっちゃんこから受けとった小切手を元手に、おもちゃ屋を始めることにしました。こどもたちのためになる何かをして、これからの人生を生きていくことにしたのです。

ヘルムートも、ワット券でカンパすることにしました。

「待ってくれ、待ってくれ」

小型コンピュータで券を転送しようとするヘルムートを、マナカは止めました。

「単位を、意味を決めさせてくれ。単位を、意味を決めさせてほしいんだ」

一瞬《いっしゅん》、みんなの脳裏を真ん中銀行券のことがよぎりましたが、マナカがこう言ったので安心しました。

「ただし、マナカって通貨はもうやめだ。マナカって通貨はもうやめる」

マナカは、こどもたちが自由に使えて、可能性を追求できるための、新しい通貨を提案したかったのです。

「だったら、最後の『カ』を取っちまったらどうだい？」

ロイスおばあさんが言うように、「マナカ」の「カ」を取ると「マナ」となります。それは、日本語で学問を意味する「まなび」の最初の二文字でした。

そして、ヘルムートからマナカに、「10マナ」のワット券が振《ふ》りだされました。

それは、このあと世界で広く使われることになる、教育目的にかぎり通用する通貨「マナ」の誕生の瞬間《しゅんかん》でした。こどもたちは、自分たちが新しいことを学ぶために、自由にマナを振《ふ》りだして、周りの人から何かをしてもらえます。そうしておとなになったこどもたちは、今度はつぎの世代のために、マナを受けとって何かをしてあげるのです。

そのとき、保護服を着た消防団や自警団の人びとが、どやどやと屋上に上がってきました。どうやら、建物の火は消えたようです。

そのなかには、消防団や自警団の団員たちにまじって、同じように保護服を着た、あっちゃんこの叔《お》父《じ》さんの姿がありました。

「ロンゴ！」

あっちゃんこのお母さんは、叔父《おじ》さん、つまり自分の弟のことをそう呼びました。

「やあ、みんな。姉さんも。大変だったね」

パピーちゃんは叔父《おじ》さんに飛びつきました。

「うわ、パピーちゃんも大活躍《かつやく》だったね」叔父《おじ》さんは、パピーちゃんを抱《だ》きかかえました。「レジスタンコのメールは、ぼくも受けとったよ。みんな、よくがんばったね」

叔父《おじ》さんは、休暇《きゅうか》でフナン・シティの近くにきていたのです。そして、レジスタンコのメールを受けとると、急いで駆《か》けつけたのでした。

「そうそう、高架橋《こうか》の下で釣《つ》りをしていたら、こんなものが上から落ちてきたよ」そう言ってあっちゃんこのほうに差しだされた叔父《おじ》さんの手には、あっちゃんこがバスの窓から捨てた『インターネットの不思議、探検隊!』がありました。

共同体《コミュニティ》への帰還《きかん》

そのとき、消防団が建物のなかで発見した、スットコホルム氏の車イスと点字グローブが運ばれてきました。スットコホルム氏は、車イスに腰《こし》かけ、点字グローブを左手にはめると、空中で何かを操作しました。

すると、ボゴーン、という大きな音とともに、周囲のビル群が動きはじめました。

「うわっ、おじいちゃん!」叔父《おじ》さんは叫《さけ》びました。「また何を始めたんだい!」

叔父《おじ》さんは、スットコホルム氏が、また何かいたずらを始めたと思ったのです。

「ん?」スットコホルム氏は平気な顔をして答えました。「何って、あっちゃんこたちが帰れるように、準備しているんじゃやないか」

いくつかの高層ビルが、あるものは高くなり、あるものは低くなり、そして、きしむような音をたてながら水平にゆっくりとスライドして、ちょうどみんなのいる位置から見て、均等な配置と高さで、真ん中銀行の建物をぐるりと囲むかたちになりました。それにともない、いくつかの道路は、環状交差路《ラウンドアバウト》に接合している部分からきれいに分かれ、移動してきたビルを避《さ》けるようにゆっくりと旋回《せんかい》しました。道路が分断された境界には、どうやって折りたたんであったのでしょうか、通行止めの標識が、道の下からのびながら現れました。

それから、真ん中銀行の建物を囲むビル群の屋上のヘリポートが、それぞれ左右に開き、なかからレーザー照射器のようなものが現れ、先端《せんたん》がみんなのほうを向くように回転しました。

スットコホール発生器《マシン》の正体は、なんとフナン・シティそのものだったのです！

それだけではありません。スットコホルム氏の車イスを制御《せいぎょ》するコンピュータのメモリに格納してあったプログラムが、みずからを解き放ち、インターネットをとおして、ウイルスのように増殖《ぞうしょく》しながら、フナン・シティじゅうのコンピュータのメモリにコピーされていったのです。そのプログラムのコピーは、それぞれ、地球上の正しいふたつの点を結ぶようにスットコホールをつくるために必要な計算の一部を担当していました。

ヘルムートや、ロイスおばあさんや、ナンや、マナカが持つ、みんなの小型コンピュータも、その計算に参加していました。

「街全体の電力と計算力を使って、エネルギーをあらゆる角度から一点に集中させる。そして空間に穴を開けるんだよ。私はこれをつくるために、フナン・シティの都市計画フォーラムに参加させてもらって、ないしょでちょっと仕掛《しか》けを入れさせてもらってね」

「そういえば、去年もそうだったけど、何回かビルが動いたので不思議だと思っていたよ」消防団のひとりが言いました。

スットコホルム氏は、ヘルムートが近くであっけにとられながらビル群の動きを見ていたのを察して、話しかけました。

「このワームホールはね、巨大《きょだい》な電力と、巨大《きょだい》な計算力が必要になり、移動手段としてはじつは採算が合わないんだよ。むしろ、この技術を応用したミライ望遠鏡のほうが、人類の役に立つだろうね」

「でも、ミライ望遠鏡は、のぞく未来が近ければ近いほど、不確定さが大きくて、何も見えなくなってしまうんでしょ？　意味のある予測には使えなさそうだけど……」

そのとき、ヘルムートの背後で、ミヨンッという変な音がして、ざわめきが起きました。ふり返ると、そこには黒い穴がありました。フナン・シティ全体の電力とコンピュータ群の働きで、スットコホールを発生させることができたのです。

「さあ、お帰り。そして、ありがとう」

スットコホルム氏は、あっちゃんこたちに向かって言いました。

でも、ケンチャはスットコホールを通れません。電子回路をふくむ物体がスットコホールを通ると、壊《こわ》れる可能性があるからでした。

「あっちゃんこ、ぼくはスットコホールを通れないよ」

「うん」

「それに、ワット券でいろんな仕事をすることを約束してあるから、不思議の国で、少し仕事をしていくよ」

すでに、インターネットを通して、ケンチャに機械の言葉を人間の言葉に直す仕事をたのめないか、問い合わせがきているとのことでした。

「ねえ、ケンチャ。ケンチャのおうちは、ケンキューショなの？」

あっちゃんこは、ケンチャはスットコホルム研究所で生まれたので、もしかしたらケンチャにとっては、研究所が家なのではないかと心配になったのです。

「ちがうよ。ぼくの家族は、あっちゃんこやパピーちゃん、そしてあっちゃんこのママだよ」

ケンチャは笑って、こう約束しました。

「だからきっと、飛行機で帰るよ」

あっちゃんこは、うなずきました。

「さあ、お行き。また、会おうね」

スットコホルム氏にうながされ、あっちゃんこ、パピーちゃん、そしてあっちゃんこのお母さんは、スットコホールのそばまで来ました。そして、見送る人びとに手をふりながら穴のなかに飛びこむと、ポンッという軽快な音とともに、一瞬《いっしゅん》で、あっちゃんこの家のまえの公園に現れました。

これで、「不思議の国のお金」をめぐる、あっちゃんこたちの冒険《ぼうけん》のお話はおしまいです。

でも、このお話には後日談があります。

近所の、野菜の無人販売《はんばい》のお店からお金を盗《ぬす》んでいった犯人は、みんなが不思議の国に行っているあいだに警察につかまっていました。その犯人は、働いても、働いても、生活がよくならず、貧困におちいってしまった若者でした。

彼《かれ》には、六年間、臨時職員として、汗水《あせみず》たらして働いてきた会社がありました。会社の一員として、仲間といっしょにがんばってきたという自負もあり、希望をもって、その会社の正社員の採用試験を受けたところ、書類選考で落とされてしまったといいます。会社にとって、自分は、話を聞くほどの価値もない人間なのだと、彼《かれ》は思いしらされてしまいました。不採用の通知は、彼《かれ》に優しい言葉をかけてくれたこともある社長の名前で送られてきたので、そのことがますますショックで、自分の何がいけないのか、自分のどこに価値がないのか、いつも考えるようになり、彼《かれ》は一週間ほど仕事が手につかなくなりました。そのことがもとで、臨時職員としての職も失い、日雇《ひやと》いの仕事についてみたものの、借金を返せなくなって、つい、料金箱に手を出してしまったのだといいます。それは、けっしてひとごとではなく、だれにでも起こりうることでした。

そこで、あっちゃんこのお母さんは、不思議の国のお金の仕組みを参考にして、住んでいる地域の新しい経済をつくる提案をしました。お金を盗《ぬす》むような真似をしなくても、誇《ほこ》りをもって人びとが生きていけるような、地域の社会をつくる提案です。

その運動が軌道《きどう》にのり、近くの地域以外でも話題にのぼり始めたころ、よく話をしてほしいとたのまれるようになったあっちゃんこのお母さんは、こんな言葉で、話を締《し》めくくるようになっていました。

「みなさんも、それぞれの地域で、新しい経済を始める提案をしてみてはいかがでしょうか。それは、ちょっとしたことでよいのです。

何もしなければ、何も変わりません。だけど、何かを始めれば、それはきっと、みなさんのまわりで、何かを生みだしていくでしょう。

RESISTANCO《レジスタンコ》 IS《イズ》 FERTILE《ファータイル》

レジスタンコはどんどん生みだす

みなさんの生活を変えていくのは、みなさん自身だからです」

そして、三十年後。

終章

石油文明のあとに

さまがわりした空、さまがわりした海

青い空に、いくつもの白い飛行船が浮《う》かんでいます。プロペラを回すモーターの音だけがかすかに響《ひび》く、静かな空です。

その合い間を縫《ぬ》うように、一羽の鴨《かも》が飛んでいました。鴨《かも》は、永い永い眠《ねむ》りからめざめて、ひさしぶりに大空に飛びたったのです。自分の身体の感覚をたしかめるかのように、鴨《かも》は、大きく羽ばたいては高度を上げ、そして翼《つばさ》の動きを止めて、優雅《ゆうが》に滑空《かっくう》します。そうした動きをくり返しながら、何かが気になるのか、鴨《かも》はしきりに周囲を見回しては、不思議そうに首をかしげます。

——これは、どうしたことだろう。

鴨《かも》は、自分が知っていた空のようすからの、あきらかな変化にとまどっていました。空から、飛行機が姿を消していたのです。

以前ならよく見かけていた、うなりをあげて、超音速《ちょうおんそく》で空気をきり裂《さ》きながら進むジェット戦闘機《せんとうき》の姿さえ、そこにはありませんでした。

——人間は、争いをやめたのだろうか。

鴨《かも》は、ありえない、とでも言いたげに首を横にふると、もっと遠くへ探索《たんさく》を続けることにしました。と、雲間から大きな白い金属の翼《つばさ》が現れ、鴨《かも》に向かってまっすぐ進んできました。雲のなかから巨大《きょだい》な飛行機が現れたのです。鴨《かも》は、あわてて羽ばたきの力を強めると、すれすれのところで衝突《しょうとつ》を避《さ》け、飛行機の翼《つばさ》の上に回りこみます。

危ないところでした。大きな翼《つばさ》にいくつもとりつけられているモーターが回す、プロペラのものだったのでしょう、ヒュンヒュンという、風をきる音がかすかに聴《き》こえていただけなので、不意をつかれたのです。鴨《かも》は、自分に注意が欠けていたことを素直に認めて、それからは、目と耳に加えて、自分に内蔵されているレーダーを併用《へいよう》することにしました。

せっかく出会った飛行機を、鴨《かも》は詳細《しょうさい》に観察すべく、上空にならんで飛びました。それは、大きな翼《つばさ》一面に太陽光発電パネルが敷《し》きつめられた、それと比べたら胴体《どうたい》はずいぶんと小さいプロペラ機でした。よく思いかえせば、これまで出会ってきた飛行船のボディにも、太陽光発電パネルが取りつけられていました。

こうした飛行船や飛行機は、おおぜいの人を乗せて空を速く移動することはできないでしょう。しかし、客室の窓をとおして見える人びとは、優雅《ゆうが》な空の旅を楽しんでいるようでした。

鴨《かも》は高度を下げます。

陸の上には、電車や電気自動車が走っているのが見えました。ガソリン車を使わないその傾向《けいこう》は、自分が眠《ねむ》りにつくまえにもすでにあったと、鴨《かも》は記憶《きおく》していました。ただ、鴨《かも》は、そのころよりも、緑がいっそう、生い茂っていることを見落としていました。あまりに自然な光景だったからかもしれません。

街なみは緑のなかにあり、都市全体も緑のなかにあって、海岸ぞいには、いくつもの風力発電のプロペラが回っていました。

一方、海に目を移すと、たくさんの帆船《はんせん》が、白い航跡《こうせき》を残して進んでいくのが見えます。煙突《ファンネル》を付けたような船は、どこにも見あたりませんでした。以前から、エンジンの技術の進歩により、煙突《ファンネル》の存在は形骸化《けいがいか》していたと、鴨《かも》は記憶《きおく》していました。ほとんど、船舶《せんぱく》会社を識別するためのマークを塗《ぬ》る場所としての意味しかなかったのですが、おそらく、もはやエンジン自体がなくなったか、電気により動作するモーターでおきかえられたのでしょう。識別マークは、いまや、大きな帆《ほ》に付けられているのがふつうのようでした。

帆《ほ》があるといっても、以前の帆船《はんせん》とちがうのは、コンピュータ制御《せいぎょ》によるパラセイリング方式の帆《ほ》が、貨物船などを牽引《けんいん》している形式が多いことでした。

そんななか、旧式の白い帆船《はんせん》が一隻《せき》、優雅《ゆうが》に進んでいくことに鴨《かも》は気づきました。かなり大きな船です。その甲板《かんぱん》の上に、大勢の人がいるのが見えました。

——何をしているのだろう。

鴨《かも》が近づいてみると、広い甲板《かんぱん》の上ではパーティが開かれ、赤いそろいの上着を着たバンドマンたちが演奏するわきで、白いスーツとドレスを着た男女が、祝福にきた友人たちと語らっているようなようすが見えました。

鴨《かも》は、しばらくその船のマストの上に止まってバンドの演奏に聴《き》き入りました。なつかしいジャズの調べです。

と、少し遠くのほうの海に、何か動くものがあることに、鴨《かも》は気づきました。高性能の光学系をそなえた鴨《かも》の眼は、その対象にズームインします。それは、小型艇《てい》に乗った、父と子らしきふたりが、釣《つ》りをしているところでした。そうした光景は、海のいたるところで見られました。

——なんておだやかで、のどかなのだろう。

昔ながらの、海と人との関係が、もどってきたかのようです。

そしてそのとき、自分が記憶《きおく》していた海と決定的にちがっていることが、もうひとつあることに、鴨《かも》は気づきました。この海には、石油を運ぶタンカーの姿が、どこにも見あたらなかったのです。

鴨《かも》は目を閉じ、これまで観察したことを整理しました。飛行船や、太陽光発電で飛ぶ新しい飛行機。パラセイリング方式の帆船《はんせん》。鴨《かも》の目には、人間は、エネルギーをそれほど使わなくても楽しく生活できる、のんびりとした平和な世界をつくっているように見えました。

——石油はどこに行ったのだろう。

ようやく鴨《かも》は、自分が眠《ねむ》っていた月日の長さに気づきました。

石油はもう、採掘《さいくつ》のコストが高すぎて事実上使えないし、使わなくてもだいじょうぶなのです。

鴨《かも》は、ふたたび飛びたち、満足げに何度か旋回《せんかい》をくり返すと、自分が最初に飛びたった場所、不思議の国のスットコホルム研究所に向かって飛んでいきました。

過去に学ぶ

そのころ、スットコホルム研究所に隣接《りんせつ》するスットコ記念ホールでは、世界を救った「地球規模オペレーティング・システム学」を創始した女性研究者が講演をしていました。それは、この三十年をふり返る話でした。

「――解決の鍵《かぎ》は、過去に学ぶことでした。みなさんもご存知のとおり、三十年まえのスットコホルム研究所の『地球の歴史展』のホログラムは、じつは本当に過去の地球を撮影《さつえい》した映像でした。スットコホルム氏が発明したワームホール、『底ぬけスットコホール』を時間方向に応用した『ミライ望遠鏡』は、ミライさんという研究員により発見されたことから、その名がついています。日本語を使う人にとっては、まぎらわしいかもしれませんが、もちろん、未来を見るだけではなく、同じ原理で、任意のアングルから過去をのぞくこともできるのです。

そこで、ミライ望遠鏡の発見のすぐあとに研究所でおこなわれたのが、地球を、その誕生の直後から定点観測するという試みでした。『地球の歴史展』のホログラムは、この試みから生まれたのです」

■地球の歴史ふたたび

博士《はかせ》の背後のスクリーンに、真っ暗な宇宙に浮《う》かぶ、地球の映像が現れました。

「ここで、地球というひとつのシステムを、もう一度ふり返ってみましょう。システムには入力と出力があります。地球の入力と出力から考えたなら、人間の文明は、その副作用にすぎないのです。

まずは入力のお話をしましょう。地球が使えるエネルギー源のうち、支配的なのは太陽からのエネルギーです。いま、私たちは、日常生活のなかでもそのことを実感できるでしょう。太古の昔、文明をもち始めたばかりの人間が、そうであったように。ただ、現在は、より進んだエネルギー工学を利用することによって、同じ実感が得られているのです。

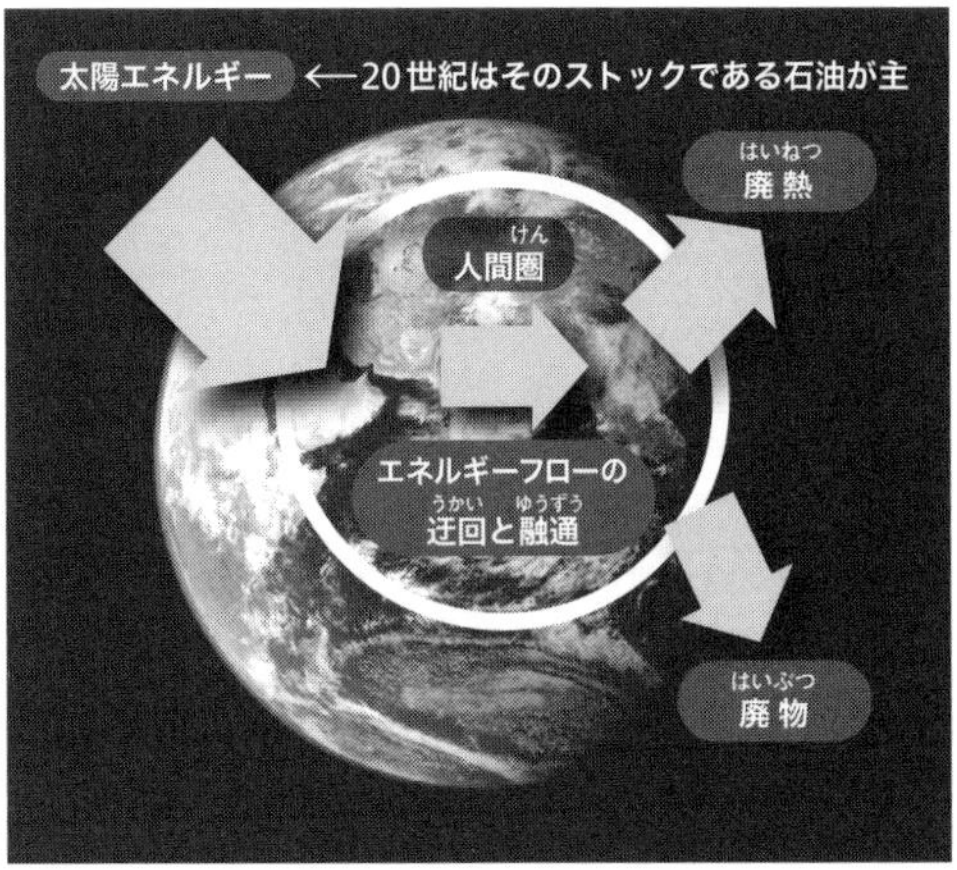

しかし、つい三十年ほどまえまでは、私たちは、二十世紀という、歴史上、特筆に値する特殊《とくしゅ》な状況《じょうきょう》のもとでの文明の姿と生活習慣を、そのまま残していました。いま、まさに流れこんでいる太陽からのエネルギーを利用するのではなく、そのストックを燃やすことにより、巨大《きょだい》なエネルギーを得ていたのです。

化石燃料である石油は、太陽のエネルギーを受けて育った植物を動物が食べ、育ち、その死骸《しがい》が堆積《たいせき》し、大きな圧力のもとで生まれたものです。生物圏《けん》が長い年月をかけて蓄積《ちくせき》した太陽エネルギーのストックを、二十世紀、そして二十一世紀のはじめごろの私たちは、あっという間に半分以上を燃やしてしまったのです。

文明が用いるエネルギーを、地球に蓄積《ちくせき》された太陽エネルギーのストックに依存《いぞん》することにより、そのストックが枯渇《こかつ》するのを待たずして、ストックを取りだすのに要するエネルギーと取りだせるエネルギーのあいだのバランスが崩《くず》れ、エネルギーのコストが増大していくという問題が生まれます。これがエネルギー問題です。

つぎに出力のお話をしましょう。太陽エネルギーを入力とするなら、そのエネルギーを用いることによる地球上での活動の出力は、熱とゴミです。熱力学の法則がある以上、この関係はくずせません。

地球の出力のひとつである熱は、赤外線放射によって、宇宙へと逃《に》がされます。この放射の割合は、地球環境《かんきょう》の物理的な条件によって決まっています。

もうひとつの出力であるゴミは、たとえば、人間から見たら、二酸化炭素です。二酸化炭素は、地球自体がもつ、水の循環《じゅんかん》による海底への堆積《たいせき》と、植物の光合成による大地への固定化によって、ある割合で大気からとりのぞかれていきます。

これら、出力が処理される速度を超《こ》えて、人間がエネルギーを使ったらどうなるでしょうか。もちろん、熱とゴミが、人間の生活空間に溜《たま》ります。これが環境《かんきょう》問題です。

ミライ望遠鏡による、過去の文明の観測でわかったのは、すべての文明は、なにかしらのエネルギー問題や環境《かんきょう》問題によって衰退《すいたい》していたという事実です。文明を持続させるためには、その活動を維持《いじ》できる程度に高い入力が得られ、かつ、出力が文明にとっての環境《かんきょう》を汚《よご》さない程度に低い必要があるのですから、このことは当然といえます。多くの文明は、繁栄《はんえい》を追求するあまり、自然による再生産能力を超《こ》えてエネルギーを消費することにより、みずからの寿命《じゅみょう》を縮めていたのです」

博士《はかせ》の背後に映しだされた、地球をひとつのシステムと見なした図に、文明における情報の流れを示す項目《こうもく》がつけ加わりました。

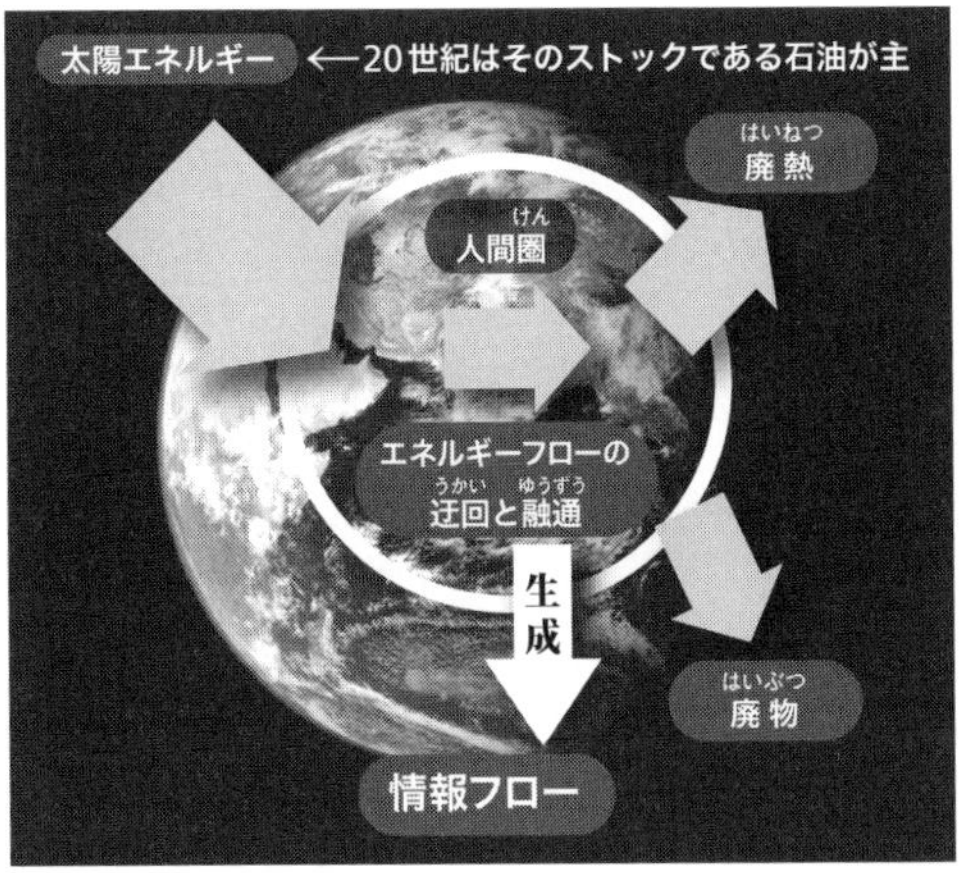

■情報とエネルギー

「さて、三十年ほどまえ、私たちの文明も、未曽有《みぞう》の危機を迎《むか》えていました。それは、そのころよくいわれたように、文明が発する熱と温室効果ガスの相乗効果により温暖化が加速されたというよりもむしろ、情報フローのデザインに問題があったのです。

ここで、太陽からやってきて、地球の外に出ていくエネルギーフローと、私たちの文明のなかを流れる情報フローとの関係を整理しておきましょう。

人間は、エネルギーの運び手《キャリア》です。私たちは、太陽の恵《めぐ》みを受けた食物からエネルギーを摂取《せっしゅ》して、若干の熱とゴミを発生させながら、それを別のかたちに換《か》え、エネルギーを外界へと伝えています。このとき、ベースとなるエネルギーの伝達を制御《せいぎょ》して、たとえば、流れるエネルギーを強くしたり、弱くしたりすることによって、情報を伝えることもできます。

たとえば、いま、私の声は、私ののどから押《お》しだされる空気の流れに乗せて、私が声帯や舌や口のかたちを変化させることによってつくられた、空気の密と粗《そ》の部分が粗密波《そみつは》として空気中を伝わり、直接、あるいは拡声器を経て、みなさんの耳に届いた結果として、聞こえているはずです。

人間の脳を外在化させた道具である電子計算機の場合は、むしろより単純です。逆でもよいのですが、電圧が高ければ1、低ければ0として、電気のエネルギーを変化させて、デジタル情報の流れをつくっているのです。

このように、エネルギーの流れを制御《せいぎょ》することによって、私たちは情報を伝えています。物理学的視点にたてば、情報フローは、エネルギーフローの従属物にすぎません。ところが、私たちは、情報にもとづいて行動を起こす生物であり、行動を起こすということは、文明をもつ私たちにとっては、すなわち、エネルギーフローの流れ方を決めることにほかならないのです」

博士《はかせ》の背後のスクリーンに映しだされた図には、エネルギーフローから情報フローが生まれることを示す矢印に加え、情報フローからエネルギーフローに向かう矢印が描《えが》き足されました。

「すなわち、私たちの生物としての特徴《とくちょう》によって、情報フローがエネルギーフローを支配するという、逆説的な状況《じょうきょう》が生まれてしまっていたのです。このことは、情報フローのデザイン如何《いかん》で、人間がエ

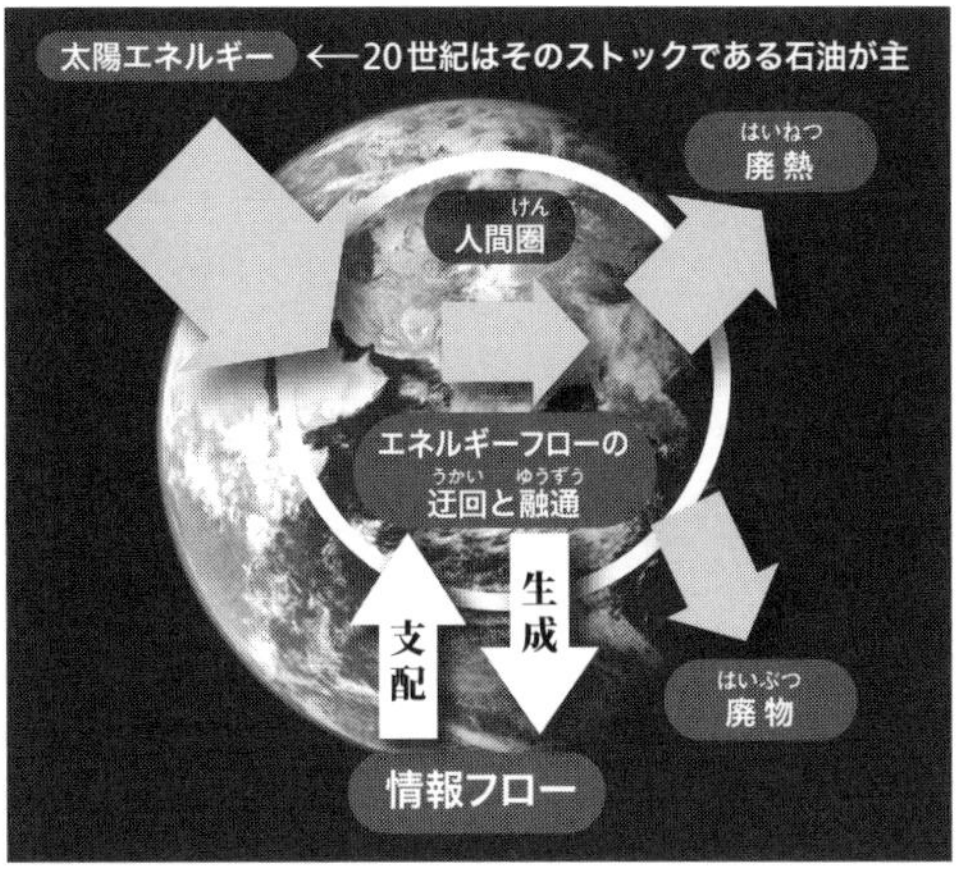

ネルギーをどう使うかが決まってしまい、エネルギーフロー自体の効率性や有効性はどうでもよくなってしまう、ということを意味していました。

よく引きあいに出されていた例ですが、市販《しはん》のお弁当の食材をつくるための食糧《しょくりょう》を、十六万キロメートルという、地球四周分、地球から月への半分弱にもあたる距離《きょり》を石油を燃やして運び、しかも、つくられたお弁当を売れ残りそうだからとたくさん捨ててしまう、といった状況《じょうきょう》は、そんな逆説的な状《じょう》況《きょう》のなかで生まれていたのです。そのような壮大《そうだい》なムダも、お金の流れという情報フローのレベルでは効率がよかったのです」

博士《はかせ》はそれから、少し語気を強めて、つぎのように話を続けました。

「また、経済が悪くなると、こども向けに売られているお菓子《かし》のサイズが小さくなる、といった現象が起きていたのも、このことの現れでした。お菓子《かし》は人間が食べるためにつくられているわけですから、人間のサイズが小さくならないかぎり、お菓子《かし》のサイズが小さくなる理由は、本来はありません。私たちは無意識のうちに、基準となるものは変わらない、変えてはいけないと考えています。私たちが、お菓子《かし》の値段のほうを変えずに、大きさのほうを変えていたのは、人間の身体ではなく、お金のほうが基準となっていたことの現れだったのです。

　一方、人間がつくりだした情報フローの最たるものとしての金融《きんゆう》システムは、お金でお金を買うという無意味な行為《こうい》と、未来から借り入れる借金の仕組みにより莫大《ばくだい》にふくれあがり、エネルギーフローに強烈《きょうれつ》な影響《えいきょう》をあたえることで、世界を壊《こわ》していました。

　お金の正体は、借金、すなわち約束であり、物理的な実体ではないので、熱力学の法則にはしたがいません。どんどん集約し、集まれば集まるほど、大きな購買力《こうばい》となって、物質を動かし、エネルギーフローに大きな影響《えいきょう》をおよぼします。また、ひとたび約束が守れないということになれば、そこにあったはずのお金が消えてなくなります。このことは、人間という、エネルギーの運び手《キャリア》の活動に多大な影響《えいきょう》をおよぼします。そして、文明を維持《いじ》できるエネルギーフローの大きさの限界は、地球環境《かんきょう》の物理的な条件により決まっているのですから、お金の世界の規模がそれを超《こ》えて大きくなったら、約束は守れるはずがないのです。かならず、いつか、破綻《はたん》を迎《むか》えます。

　そんななか、一部の科学者たちが、声高に叫《さけ》びはじめました。『金融《きんゆう》の仕組みをはじめとする、情報フローをデザインしなおさなければ、大変なことになる！』。しかし、この訴《うった》えは、人びとの心にはなかなか響《ひび》かなかったのです」

■キーワードは「帆《ほ》」

「変化は、意外なきっかけから始まりました。

そのころ、投機的な意味あいもあって、石油の値段が高騰《こうとう》を始めました。するとどうでしょう、環境《かんきょう》への影響《えいきょう》が懸念《けねん》されても、あれだけ強い意志をもって車に乗りつづけた人たちが、ガソリン車を使わなくなったではありませんか。

入力が変われば、すなわち、私たちがエネルギーをどう取得するかについての条件が変われば、人間は変われるということが、私たちにも実感できたのです。

ピークオイルに向けた危機感は、文明の転換《てんかん》のためにはプラスに働きました。石油が使えなくなりそうだと、心底わかって、初めて私たちは、大きな転換《てんかん》に向けた第一歩を踏《ふ》みだせたのです。もちろん、それは原子力エネルギーへの転換《てんかん》などというものではありませんでした。原子力エネルギーが、燃料の採掘《さいくつ》などの面において石油に依存《いぞん》していたことは明白だったからです」

博士《はかせ》の背後のスクリーンに、中国の文字で「帆《ほ》」という字が大きく映しだされました。

帆

「そこで、自然エネルギーを面で受ける技術が、文明の新たな基盤《きばん》となりました。自然エネルギー工学、すなわち、いま、私たちになじみのある言葉では、『帆《ほ》工学』（sailogy《セイロジー》）の誕生です。この工学では、自然エネルギーの利用という観点にもとづき、じつにさまざまな技術が体系づけられていきました。

太陽の光を直接、利用する、太陽光発電、太陽熱利用。

地表の水循環《じゅんかん》への影響《えいきょう》を最少にとどめつつ、それを利用する、マイクロ水力発電、潮汐《ちょうせき》発電、波力発電、潮流発電などの**ダムレス水力発電**。

大気の循環《じゅんかん》を利用する、風力発電、風車、風を受けて推進力を得る帆《ほ》。

そして宇宙空間においても、太陽からの光エネルギーを受けて宇宙を推進する**太陽帆**《ソーラー・セイル》や、惑星《わくせい》の大気との摩擦《まさつ》を使って宇宙船にブレーキをかける**空力制動**《エアロ・ブレーキング》などが、帆《ほ》工学の名のもとに体系づけられました。

地球上とそれ以外とにかかわらず、帆《ほ》を立て、自然の恵《めぐ》みを受けて生きていく姿が、私たちの生活の基本となったのです」

■集中から分散へ

「エネルギーの取得方法が変われば、文明が変わりますし、私たちの生活様式である文化も変わります。石油は、掘《ほ》りだせる場所が限られていましたし、その運搬《うんぱん》のためにもエネルギーを集約させる必要がありました。それを集めて燃やして電気を得るためにも、巨大《きょだい》な施設《しせつ》が必要でした。

しかし、太陽の光は、地球上に平等に降りそそぎます。日当たりが悪い場所でも、風や水の流れなど、間接的に太陽のエネルギーが届きます。電気の話をするならば、いたるところで発電が可能なのです。

帆《ほ》工学が基盤《きばん》となる社会では、太陽のエネルギーに端《たん》を発するサブ・エネルギーフローが、あらゆる場所を起点として始まるのです。

『治山治水《ちさんちすい》』という中国の言葉からもわかるように、政治や経済などの社会システムは、もともとエネルギーフローの調整の役割を担っていました。

太古、エネルギーフローの駆動《くどう》力は自然の側にあり、その起点は、地域ごとに自然エネルギーを取りだすための最適なスポットがあったとは考えられるものの、分散していました。社会システムも、それに合わせるように、ある程度、分散していました。

産業革命により、人間はエネルギーフローの駆動《くどう》力を得ることができましたが、その起点は集中していました。したがって、社会構造は集中化せざるをえなかったのです。グローバリゼーションは、産業革命が始まった十八世紀にすでに運命づけられていたといえるでしょう。

私たちの文明の新たな革命は、よくいわれていたような情報革命などではなく、帆《は》工学によるエネルギー革命でした。それによって人間は、エネルギーフローの駆動《くどう》力を保ったまま、その起点をふたたび分散化することができたのです。そして、エネルギーフローの効率的な調整のためには、フローの分散化に合わせて、社会構造を分散化する必要性が出てきました。

そのようにして、社会に分散化への波が芽生えたことにより、ようやく、それに適したかたち、すなわち、自律分散的であり、かつエネルギーフローと一致《いっち》するような情報フローのデザインへと、人間の社会は動きだしたのです」

■地球規模オペレーティング・システム

「私たちが、文明における情報フローをデザインしなおすべく取り組んださいに参考にしたのは、コンピュータの基本ソフトウェアである、**オペレーティング・システム**（OS《オーエス》）の枠《わく》組みでした。

このむずかしい課題に挑《いど》むためには、計算機科学《コンピュータ・サイエンス》の知見、とくに、**分散システム**と資源管理に関する知識を有効に活用するのが近道と考えたのです。

コンピュータのオペレーティング・システムは、人間が動かすプログラムからの要求を整理し、計算機のなかのさまざまな資源を融通《ゆうずう》させることで、プログラムが動きやすくします。システムが大きくなることが目的ではありません。

同じように、地球をひとつの分散コンピュータととらえたときの『地球規模オペレーティング・システム』は、人間の経済活動からの要求を整理し、地球上のさまざまな資源を融通《ゆうずう》させることで、人間が生きやすくなる仕組みです。やはり、システムが大きくなることが目的ではないのです」

博士《はかせ》の背後のスクリーンには、コンピュータのユーザとオペレーティング・システムの関係になぞらえて、地球と人間と地球規模オペレーティング・システムの関係を表す図が現れました。

「地球は有限ですから、人間の欲望と地球上の資源とのあいだの調整をおこなうという機能は、いつでも必要です。

これまで、この部分の機能は金融《きんゆう》経済システムが担っていました。それは、人間の欲望をそのまま解放するシステムでした。このシステムのもとでは、経済活動の目的がお金を儲《もう》けることにすり替《か》わって

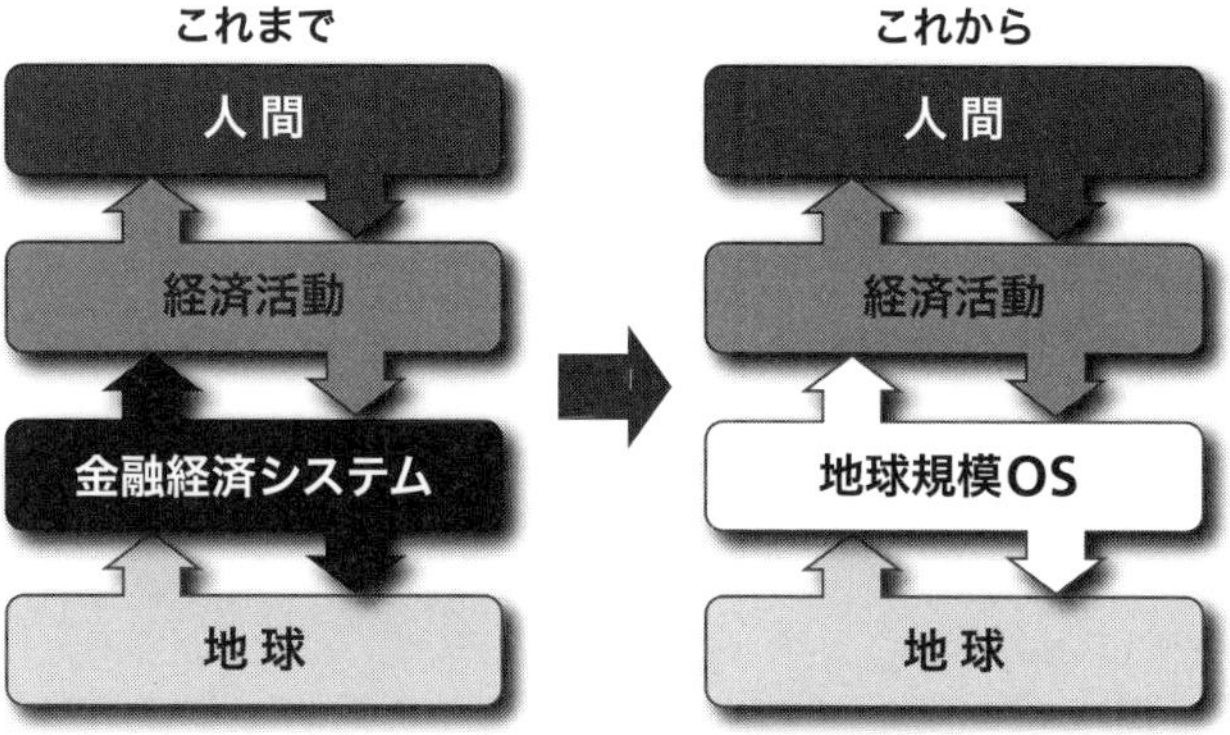

しまい、人びとは、お金を儲《もう》けるために最善の方法、すなわち、安くものごとをすませる、ということにやっきになっていました。安くものごとをすませるために一番の方法は、安いコストしか支払《しはら》わなくても文句を言わないところから搾取《さくしゅ》することです。そして、安いコストしか支払《しはら》わなくても文句を言わないところとは、貧しい人びとであり、自然であり、そして、未来のこどもたちだったのです。

この部分の機能を、金融《きんゆう》ではなく、科学の考え方でおきかえる必要が、ぜひともありました。

ただし、コンピュータの既存《きぞん》のオペレーティング・システムの枠《わく》組みは、効率的な資源の配分や、持続可能なシステムの設計といった課題に対しては、デザインの出発点としては役に立ちますが、自己組織化して、つぎつぎと生成・消滅《しょうめつ》するような利己的な主体のあいだでの協調を成立させるためには、考え方の転換《てんかん》を図る必要があり、従来のオペレーティング・システムの設計をくつがえす必要がありました」

博士《はかせ》の背後のスクリーンにつぎに現れた図は、従来のオペレーティング・システムの構造を説明していました。

それは、中心にコンピュータのハードウェア資源をおき、それが抽象《ちゅうしょう》化された中心核《かく》（イン**ナー・カーネル**）がその周りにあり、さらにその周りに、実行プロセスやファイルなどのようにプログラムが動くための高度な抽象《ちゅうしょう》化をおこなう周辺核《かく》（アウター・カーネル）があり、そしていちばん外側に、ユーザとのインタフェースである外殻《がいかく》（**シェル**）をおくという構造になっていました。

「そして実際に、私たちは従来のオペレーティング・システムの設計をひっくり返しました。内側を外に出し、人間を中心においたのです」

博士《はかせ》の背後のスクリーンの図がひっくり返り、人間が中心におかれました。さっきまで中心にあったコンピュータは、メリメリと引き裂《さ》かれると、いちばん外側に、無数のコンピュータ資源としておかれました。

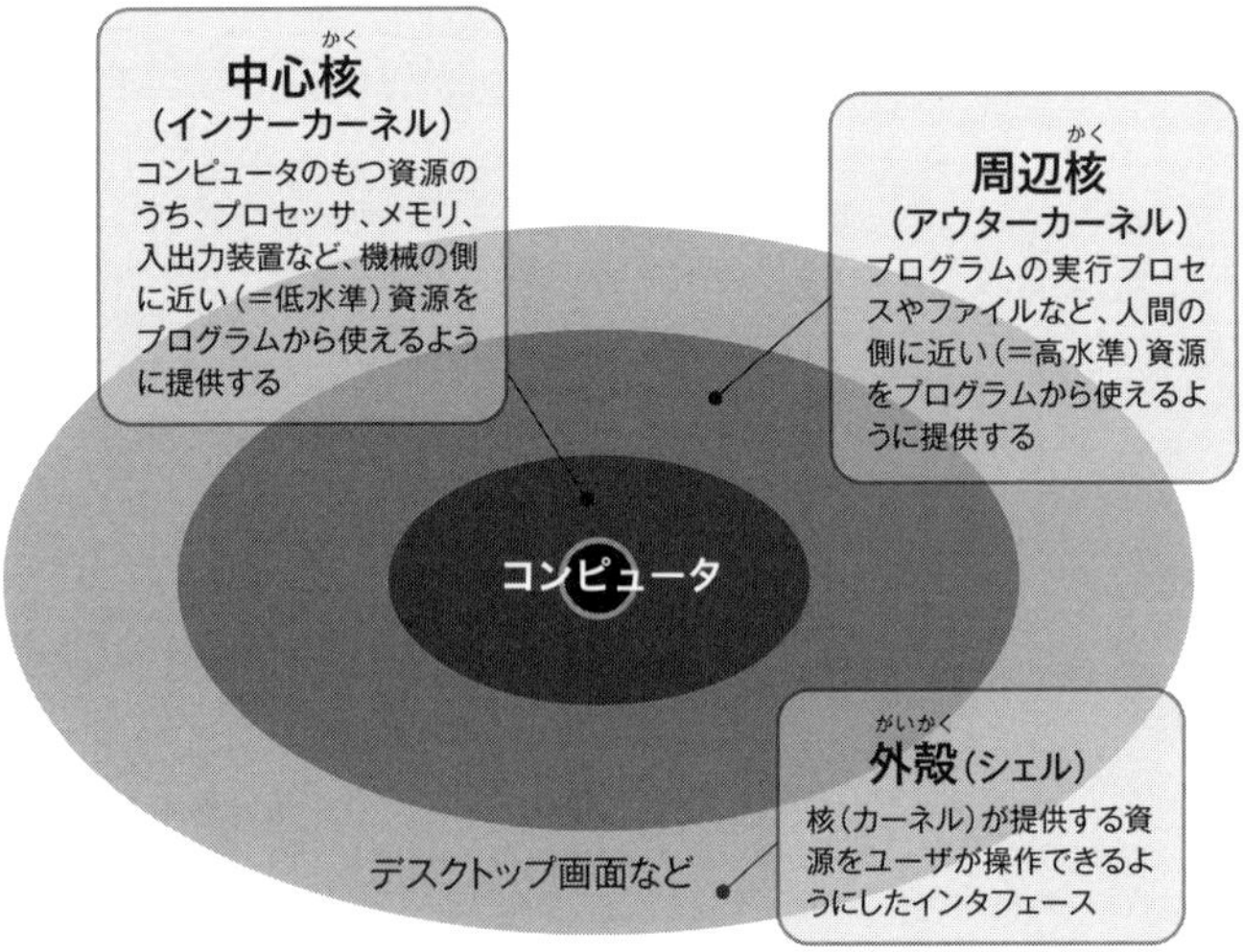
中心核《かく》
（インナーカーネル）
コンピュータのもつ資源のうち、プロセッサ、メモリ、入出力装置など、機械の側に近い（＝低水準）資源をプログラムから使えるように提供する
周辺核《かく》
（アウターカーネル）
プログラムの実行プロセスやファイルなど、人間の側に近い（＝高水準）資源をプログラムから使えるように提供する
コンピュータ
外殻《がいかく》（シェル）
核（カーネル）が提供する資源をユーザが操作できるようにしたインタフェース
デスクトップ画面など

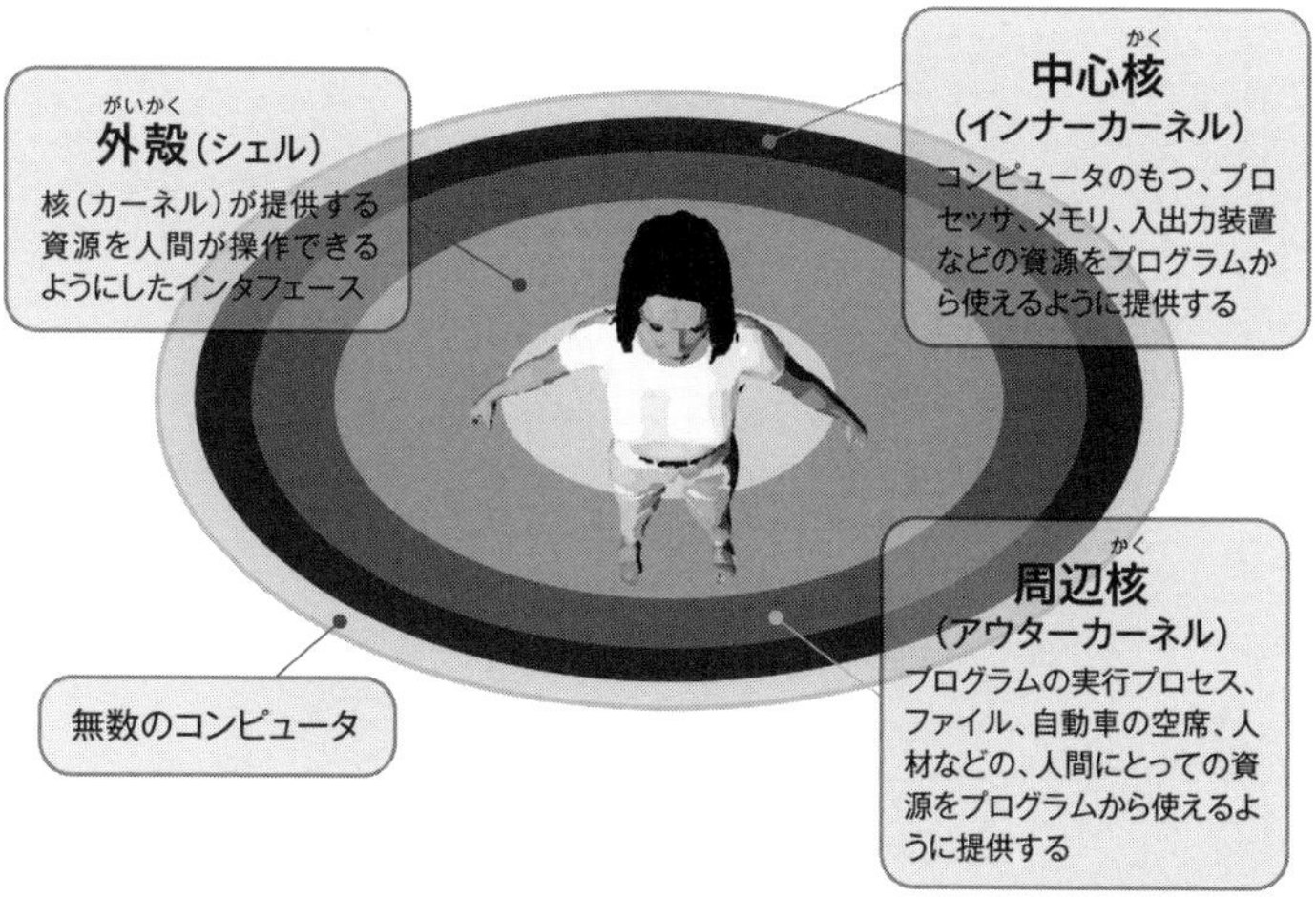
外殻《がいかく》（シェル）
核（カーネル）が提供する資源を人間が操作できるようにしたインタフェース
中心核《かく》
（インナーカーネル）
コンピュータのもつ、プロセッサ、メモリ、入出力装置などの資源をプログラムから使えるように提供する
周辺核《かく》
（アウターカーネル）
プログラムの実行プロセス、ファイル、自動車の空席、人材などの、人間にとっての資源をプログラムから使えるように提供する
無数のコンピュータ

「人間はおおぜいいますので、実際には、このシステムは多中心です。どこにも、全体を集約したり制御《せいぎょ》したりする中心部はありません。

そして、全体がこのようなかたちで維持《いじ》されるためには、『地産地消《ちさんちしょう》』の考え方が重要です。地産地消は、みなさんもごぞんじのとおり、もともとは農業にかかわる用語で、なるべく近くの生産者から農産物を購入《こうにゅう》することを意味していました。しかし、この考え方は、農業にかぎらず、生活のあらゆる場面に適用できます。それは、『等価な資源であれば、もっとも近隣《きんりん》のものを選択《せんたく》する』という、エンジニアリング的な哲学《てつがく》を示しているのです。

地産地消では、なるべく近くの資源を利用するのですから、輸送のためのムダなエネルギー消費を抑《おさ》えることができますし、資源の取得が速くなるので、効率性に優れているといえます。また、資源を輸送するうえで、中継《ちゅうけい》点が少なくなり、それだけ故障点の数が抑《おさ》えられるので、安定性にも優れていることになります。そして、近くにある資源だけでほとんどやっていけるのであれば、災害など、なんらかの理由により、ある地域が外の世界から隔離《かくり》されたとしても、活動を持続していける可能性が高まります。したがって、可塑性《かそ》、すなわち、壊《こわ》れてかたちが変わってもそれなりに動いていけるという性質においても、デザインとして優れているのです。

そのようにしてデザインされる地球規模オペレーティング・システムでは、プロセッサ、メモリ、ディスクストレージ、ネットワーク帯域、キーボード、ディスプレイ、各種センサ／アクチュエータから、ソフトウェア、画像、音響《おんきょう》、文書、ノウハウ、乗用車、その座席、燃料、電力、衣服、食料、そして人間およびその才能、能力、労力まで、ネットワーク上の抽象《ちゅうしょう》としてあつかえるありとあらゆるものが資源としてとらえられ、必要なときに、必要な場所で、必要とするユーザに提供され、効率よく利用される、新しい情報環境《かんきょう》が実現されます。

このような情報環境《かんきょう》は、私たちの生活をより豊かにするとともに、ムダなエネルギー消費を抑《おさ》え、かつ災害や破壊《はかい》的事象に強い、循環《じゅんかん》型で自律・分散・協調的な地産地消経済を形成し、私たちが二十一世紀の自然環境《かんきょう》と調和的に生きるうえでの新しい基盤《きばん》となるのです」

■**まずはお金の仕組みから**

「もちろん、そのシステムが正しく動くためには、まずは、お金の仕組みを変えることでした。お金自体が目的とならず、成長が前提とならない経済の仕組みをつくることが必要だったのです。地球規模オペレーティング・システムの目的は、成長することではありませんし、地球システムのうえでのこれ以上の成長は、破綻《はたん》を意味するからです。

そして、新しいお金の仕組みのモデルになったのは、もちろん、不思議の国のＮＥＯ《ネオ》でした。ＮＥＯ《ネオ》、すなわち新経済秩序《ちつじょ》：New《ニュー》 Economic《エコノミック》 Order《オーダー》は、三十年まえ、真ん中団が不思議の国を侵略《しんりゃく》しようとして失敗した直後、経済的な侵略《しんりゃく》をかけてきたヘッジファンドをみごとに追いはらった経緯《けいい》があります。そのことが、エネルギー危機が叫《さけ》ばれるなか、利用可能な格差を求めて迷走を始めていたヘッジファンドの衰退《すいたい》につながり、世界的な金融《きんゆう》システムの破綻《はたん》をへて、結局は帆《ほ》工学によるエネルギー革命につながったことは、みなさんが直接、体験したり、歴史で習ったりしたとおりです。このことが、それぞれの地域での経済のありかたを変えていく草の根の運動をとおして、急激ではなく、エネルギーフローに根づいた新しい経済への、なだらかな移行として実現できたことは、私たち人間にとって本当に幸いでした。

不思議の国のお金の仕組みにもとづいて、地球規模オペレーティング・システムが動く、循環《じゅんかん》型社会をつくることで、世界の危機はひとまず回避《かいひ》できたのだといえます」

大空のリボン

そのころ鴨《かも》は、ストックホルム研究所への帰路につきながら、自分が眠《ねむ》っていた永い年月のあいだに起こったであろうことに想いをめぐらせていました。

人間は、予期されていた破滅《はめつ》を無事に回避《かいひ》できたようです。そのことは本当に、安堵《あんど》に値することでした。さまざまな困難があったことでしょう。しかし、人間はそれをやりとげたのです。鴨《かも》は、人間を誇《ほこ》りに思いました。

しかし……。

——二十年、いや、三十年だろうか……。

その年月の長さを考えると、自分を造った創造主が、もうこの世にはいないだろうことにも、鴨《かも》は、おぼろげながら気づいていたのです。

でも、悲しんでいるわけにはいきません。つぎの世代はもう始まっているのです。その行くすえを見届けよう、と鴨《かも》は思いました。

もうすぐストッコホルム研究所です。

鴨《かも》はそのとき、遠く、赤道上空の空に何かが浮《う》かんでいることに気づきました。

——あれは何だろう。

鴨《かも》の卓越《たくえつ》した視力がそれをとらえると、黒光りするリボンのようなものが一本、タテに長く、長く、のびていました。太陽の光と風を受けてきらめくリボンのようなものが、宇宙から地表に向かって、まっすぐ降りていたのです。鴨《かも》の頭脳は、総力をあげてそれが何であるかを分析《ぶんせき》しました。

——組成は炭素。……**カーボン・ナノチューブ**か！

それは、鴨《かも》が見届けるべき未来が、もうすぐそこまで来ていることの証《あかし》でした。

スットコ記念ホールでは、博士《はかせ》の講演が続いていました。

「――ですが、世界の貧困の問題はまだ完全には解決していません。そして、完全に解決しようとすると、またエネルギー問題にぶつかります。地球という惑星《わくせい》の上で幸せに暮らせる人口の規模には、やっぱり限りがあるからです。人間圏《けん》が自然との調和を保って持続できる人口の上限は、およそ十億人と見積もられています」

スクリーンには、現在の人口に対する十億人という人口の割合を示す帯グラフが表示されました。それは、全員の幸せを追求するのであれば、多くの人びとが、このまま地球にいることはできないということを示していました。

「だからいま、私たちは**軌道《きどう》エレベータ**をつくるのです」

博士《はかせ》はそれから、簡単に、軌道《きどう》エレベータの原理を説明しました。

地球の自転と同じ割合、すなわち二十四時間に一回の割合で地球を回る静止衛星から、ひもを地表に向かって垂らします。そのままだと重心が下にさがって衛星が落ちてしまうので、上のほうにも同じようにひもを伸《の》ばします。どんどん、どんどん、上下にひもを伸《の》ばしていきます。すると、やがて、ひもの一方の端《はし》は地表に届きます。そうすれば、燃料を燃やしてロケットを飛ばさなくても、そのひもをつたって宇宙に出たり、宇宙から地表に降りることができるのです。このひもには重力と遠心力によるものすごい張力がかかるので、カーボン・ナノチューブといった、じょうぶな素材でつくる必要がありました。

「私たちは、宇宙に出ていき、宇宙に新たな生活の基盤《きばん》をつくるのです。地上に循環《じゅんかん》システムをつくれたことで、宇宙に同様なシステムをつくれる自信が出てきました」

鴨《かも》が目にした、赤道上空にタテにのびるリボンの姿が、スクリーンに映しだされました。それは、不思議の国のNEO《ネオ》の減価する貨幣《かへい》の仕組みを使って、世界中の人びとが資産や労働力を出しあい、協力して、いま、建造途上《とじょう》にある、軌道《きどう》エレベータのリボンでした。

「解決すべき問題は、まだまだ山のようにあります。ですが、私たちにいま、希望はないでしょうか？」博士《はかせ》は、そう問いかけてから、会場をゆっくりと見回しました。「いいえ、未来は、けっして暗くはありません。まだ起こっていないことは、かならず変えられるのです」

博士《はかせ》は、そして微笑《ほほえ》み、目を閉じると、深くおじぎをしました。一瞬《いっしゅん》の沈黙《ちんもく》のあと、鳴りやまない拍《はく》手《しゅ》が、スットコ記念ホールいっぱいに響《ひび》きわたりました。

そのとき、だれかが叫《さけ》びました。

「あっちゃんこー！」

それをきっかけに、ワッと声が上がり、大声援《せいえん》がまきおこりました。スットコ記念ホールに集まった全員が立ちあがり、博士《はかせ》にいっそう大きな拍手《はくしゅ》とエールを送ります。

「あっちゃんこー！」

「あっちゃんこー！」

こどものころのあだ名で呼ばれて、博士《はかせ》はちょっと恥《は》ずかしそうにしています。

あとがき

「不思議の国のお金」をめぐる、あっちゃんこたちの冒険の話、いかがでしたか？

　この物語の原案は、二〇〇三年に刊行された、村井純著『インターネットの不思議、探検隊！』（ストーリーを私が担当しました）の続編として、同書のためのwebサイト「あっちゃんこじぇーぴー」（http://www.accianco.jp/）にて二〇〇四年に連載したものです。物語のなかで、インターネットの先進的な応用として紹介したつもりの、個人による動画でのニュース発信やブログ、そして手のひらサイズの小型コンピュータなどは、いまではもはや当たりまえのことになり、内容を時代が追いこしていった感じがあります。

　一方で、物語の主要なテーマである集中vs分散、それにまつわるさまざまな自由と安全の問題、そして、実体経済を超えて膨らんだ、暴れるお金が世界を壊していく現状については、やっと問題が認識されはじめたという段階で、先がまったく見えません。私たちの「レジスタンコ」は、いま始まったばかりなのです。

　太陽エネルギーなどの天然資源や、自動車などの人工物、そして人間そのものの才能や労働力を含めた、地球上のあらゆる資源を効率的・効果的に融通しあうための情報システムである「地球規模オペレーティング・システム」は、現在の私の研究テーマです。

　本当は、私は、インターネットが地球規模オペレーティング・システムの役割を果たせばよいと思っています。ですが、現状は、インターネットがうまく使われていないという反省があります。本来は自律分散的に作られているはずのインターネットが、地球上の、どの二地点でも繫ぐことができるという性質を利用して、グローバリゼーションの促進のために使われてしまい、真ん中団のような考え方を呼び込んでしまっていることに問題があると感じているのです。

このことに関連して、地球規模オペレーティング・システムが推進するような、資源の効率的な利用は、かならずしも人びとの幸せに結びつくものではないという意見をもっている人たちもいます。たとえば、長距離トラックの運転手さんの過労死の問題を指摘した人がいます。遠くまで荷物を運んで、これでゆっくり休めると思った運転手さんに、帰りに空《から》のトラックが走るのはもったいないので、帰りに運べる荷物を探して、急いでそれを運んで帰ってこさせるので、休む間がなくなってしまうというのです。

ですが、もし、そんなことが起こるとすれば、だれかが儲けるために、その運転手さんに無理な労働を強いていることこそが問題です。ひと晩ゆっくり休んで、帰りに荷物を運んでくるのであれば、燃料も効果的に使えたことになり、身体にも無理がないでしょう。

お金が唯一の尺度という現実感《リアリティ》のなかに、どっぷり浸かって生きている人たちに対して、そうではないですよ、と伝えること。お金を儲けるために人びとが働いたり、人びとを働かせたりするのではなく、みんなが、人間の身体という、自然から与えられた条件のもとで、幸せに生きられるように、助けあっていくのだと伝えること。そのために、インターネットは上手に使っていけるのですよ、と伝えていくことが、私たちのレジスタンコなのだと思います。

そのために、ミライ望遠鏡は、うまく使っていけるでしょう。ミライ望遠鏡などというものは、この世にはまだ存在しない、と思うかもしれませんが、あれは、過去の地球と宇宙の歴史を正しく読み解き、これからの不確定な未来を予測するという、私たちの、科学する心の象徴なのです。

さて、レジスタンコといえば、物語のなかでの「133ミリ秒」のデモンストレーションは、もともと不思議の国で起こった出来事のはずです。なのに、どうして光の信号は地球を一周できたのでしょうか。

それは、不思議の国には、国境がないからなのです。

不思議の国が、インターネットの比喩であることは、物語を読み終わった方は、すでに気づいていることでしょう。インターネットに国境がないように、不思議の国にもじつは国境はないのです。この物語のなかで、不思議の国で起きたことは、インターネットで現在、起きていること、そしていま、まさに世界中で起きていることなのです。

出版にあたり、たいへんお世話になった、北山さん、須田さんをはじめとする太郎次郎社エディタスのみなさん、素敵な挿し絵やカバーの原画を描いてくださった山村さん、いろいろな工夫を凝らしてくださった装丁・デザインの臼井さん、数かずのヒントをいただき、また議論に付きあってくださった、ワットシステムの生みの親である森野さんをはじめとするゲゼル研究会のみなさん、そして慶應義塾大学のみなさん、三人組の素晴らしいキャラクターを生みだした妻・敦子、そしてだれよりも、この物語を読んでくださり、「133ミリ秒」のデモンストレーションにも参加してくださったあなたに、ここでお礼を述べさせていただきたいと思います。ありがとうございました。

そして、斉藤帆生《ばんせ》君。地球へようこそ。この物語を、君たちが担う未来に贈ります。君たち、未来のこどもたちからの借りものである地球を、近い将来、美しい姿で返せることを願って。

WAR IS OVER!

IF YOU WANT IT

Yoko Ono and John Lennon, 1969

戦争のような経済は、私たちが望めば、いますぐ終わらせることができます。

二〇〇九年三月

斉藤賢爾《さいとうけんじ》

本書に登場するキーワード解説

● SAITO Kenji

一年まえの冒険 009

■環状交差路《ラウンドアバウト》
参考：R.A. Retting, B.N. Persaud, P.E. Garder and D. Lord, "Crash and injury reduction following installation of roundabouts in the United States," American Journal of Public Health, Vol.91, No.4, April 2001.

環状交差路《ラウンドアバウト》は、図のように、真ん中の障害物を避けるように自動車がぐるぐる回り、好きな方向に出ていけるような交差路です。

このような交差路では、運転手が自分の判断に基づいて車を減速し、その結果、全体の車の流れが制御されます。障害物を無視すると、激突して大怪我をするか死ぬことになります。また、居眠りしたり、注意がおろそかになると確実に事故につながるので、運転手は嫌でも気をつけて運転しなければなりません。環状交差路《ラウンドアバウト》では、安全はだれかから与えられるものではないのです。

参考文献としてあげた右記の論文によると、信号機や標識のある交差点を環状交差路《ラウンドアバウト》に変えたことで、重度な

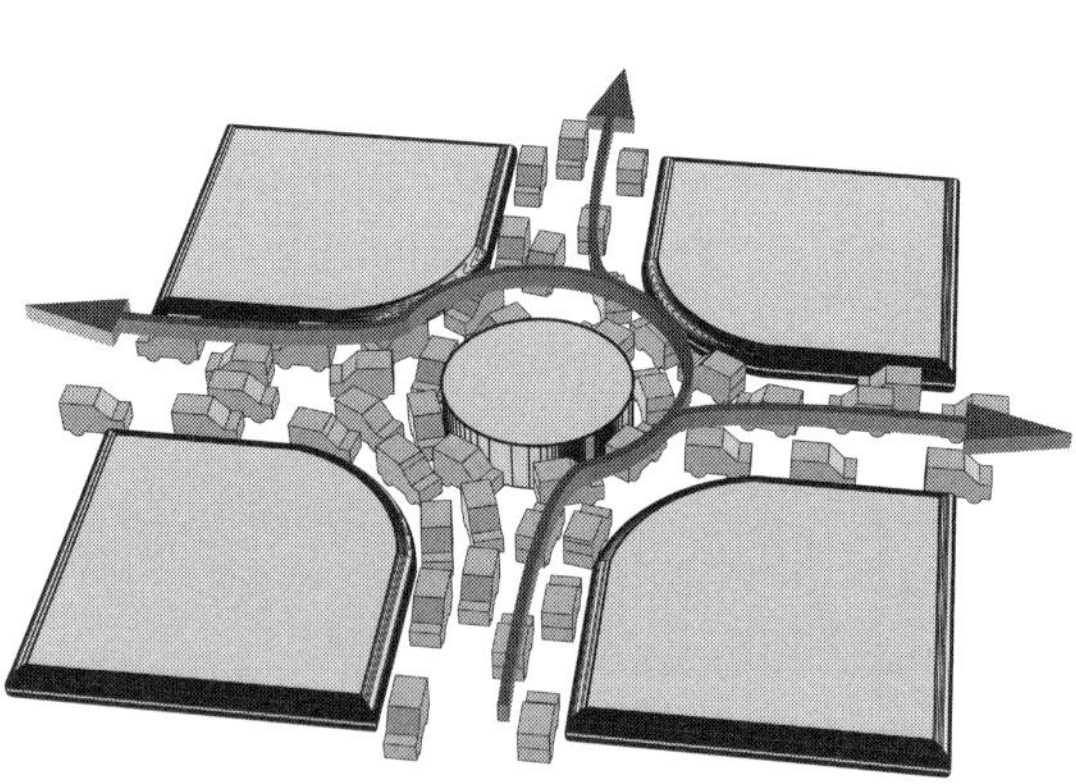
環状交差点《ラウンドアバウト》（右側通行の場合）

衝突事故が三八％減少したといいます。

物語のなかで、ヒロミの運転による衝突事故の被害が比較的軽度ですんだのも、まわりの車がすべて減速していたからかもしれません。

ちなみに、ラウンドアバウト（roundabout）は英国の用語です。私は一九九四～五年の短いあいだ、英国に住んでいましたが、毎日の通勤で大きな環状交差路《ラウンドアバウト》を通るのがいつも楽しみでした。

■ＲＦＩＤタグ（無線ＩＣタグ）　011

参考：RFID—Wikipedia
http://ja.wikipedia.org/wiki/RFID

ＲＦＩＤタグは、Radio Frequency IDentification（電波による物体識別）で物体を識別するためのタグです。タグには個別に番号がわりふられており、その番号を無線通信で読みとることで、タグの付けられている物体を識別します。ＲＦＩＤは、これからバーコードの代わりとして、商品を識別するために広く用いられていくことが期待されていますし、すでに実用化されている、たとえばＪＲ東日本のＳｕｉｃａといった乗車カードなども、広い意味ではＲＦＩＤの応用の一種です。

ＲＦＩＤでは電波を用いるので、バーコードとは異なり、ある程度離れたところにある物体でも識別できることと、商品名だけでなく、一個一個の商品を区別して認識できるという特長があります。

■暗号の仕組み　012

参考：(1)村井純『インターネットの不思議、探検隊！』太郎次郎社エディタス、二〇〇三
(2)一松信『暗号の数理——作り方と解読の原理』講談社ブルーバックス、一九八〇（改訂新版・二〇〇五）

現在、インターネットで広く使われている暗号の基本的な仕組みについては、前作となる『インターネットの不思議、探検隊！』の第7章「セキュリティの不思議」でかなり詳しく説明しています。公開鍵暗号と呼ばれる

ものです。

図のように、暗号化された文を受けとりたい人は、公開鍵と秘密鍵からなる自分の鍵ペアを用意しておきます。そして、秘密鍵のほうはだれにも渡さずに大切にしまっておき、公開鍵のほうを、暗号を送ってもらいたい相手にあらかじめ渡しておきます。

暗号を送りたい人は、相手の公開鍵を使って、もとの文を暗号化します。その暗号は、ペアとなる秘密鍵でしか解けないので、その鍵を持っている人にしか内容がわからない秘密の通信を行なうことができるのです。

公開鍵暗号を含めた暗号一般について、もっと詳しく知りたい場合は、『暗号の数理』がお勧めです。

暗号通信を、本当に秘密に、相手とのあいだで確実に行なうためには、相手の公開鍵が本物だということをどう確かめていくかが、大きな問題になります。インターネットを通して鍵を渡したら、知らないあいだに別の鍵にすり替えられてしまう可能性もあるからです。

現在、オンライン・ショッピングをするときなどは、クレジットカードの番号などの個人情報が漏れないよう

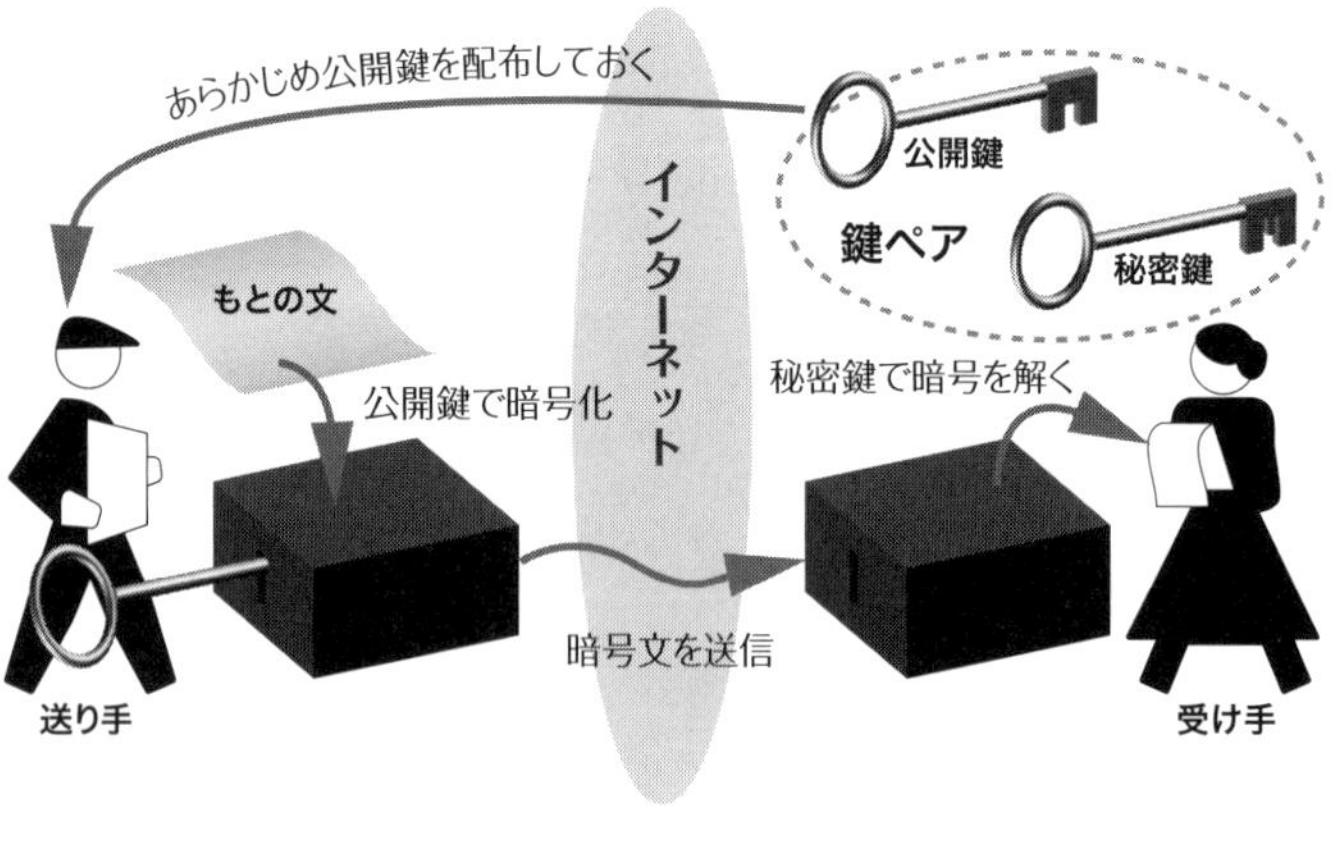

公開鍵暗号を用いた暗号化と解読

に暗号通信が行なわれていますが、お店の公開鍵が本物であることは、だれかが真ん中でがんばって保証することになっています。それは、不思議の国での考え方には合わないので、物語のなかでは、web of trust（信用の輪）を用いた方法を紹介しています。

第1章 ◆ 虹色のトンネル

■ジャイアント・インパクト 025

参考：ジャイアント・インパクト説—Wikipedia http://ja.wikipedia.org/wiki/ジャイアント・インパクト説

地球の月は、どうやってできたのでしょうか。現時点でのもっとも有力な仮説は、火星ほどの大きさの天体が原始の地球と衝突し、その衝撃で散らばった破片が集まって、月になったというものです。これをジャイアント・インパクト説と呼びます。初期の地球について語ろうとするとき、月の誕生という大事件は欠かせません。

■地球が誕生してから数億年分にもあたる歴史 026

参考：松井孝典『宇宙人としての生き方——アストロバイオロジーへの招待』岩波新書、二〇〇三

物語で描いた、地球や、その上での生物圏・人間圏の誕生については、右にあげた東京大学の松井教授による新書を参考にしました。

そのなかに、つぎのような印象深い一節があります。

「……20世紀の思考法や価値観、概念、制度などをもとに21世紀を考えることは人間圏にとっては自殺行為です。極端にいうと、民主主義や市場主義経済、人権、愛、神、貨幣など、20世紀的な枠組みの中で確立してきたいろいろな概念とか制度をもとに21世紀を考えたら、必ず破綻するともいえるのです」

このようなことは、地球をひとつのシステムとしてとらえ、その成り立ちと行く末を科学の心で見つめつづけてきた物理学者だからこそ、重みをもって言えるのだと

私は思いました。そして、物語のなかで、私たち人間が抱える問題とその原因を明確に描くためには、地球の歴史について触れることが不可欠だと感じたのです。

第2章 ✤ 不思議の国の夜

■デジタル署名 045

参考：デジタル署名—Wikipedia
http://ja.wikipedia.org/wiki/ デジタル署名

文書などのデータにデジタル署名を施すことで、つぎのふたつのことを保証できます。

1—確かにその人が署名したということ。

2—署名されてから改ざんされていないこと。

図のように、デジタル署名した文を送りたい人は、その文のハッシュ値を計算し、得られた値を自分の秘密鍵で暗号化します。その結果が署名となります。署名は、文といっしょに相手に送ります。

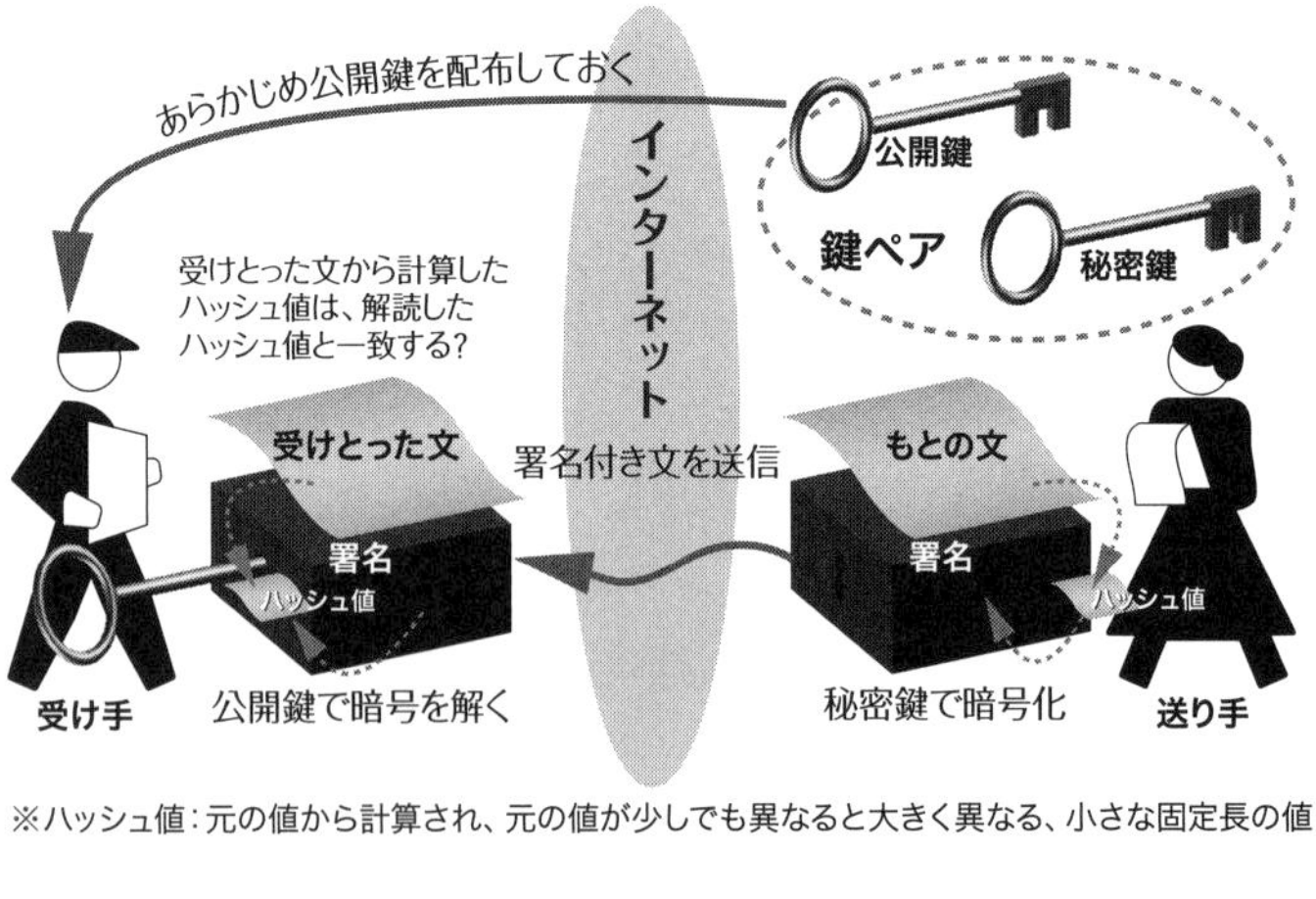

※ハッシュ値：元の値から計算され、元の値が少しでも異なると大きく異なる、小さな固定長の値

デジタル署名

受け手は、受けとった文のハッシュ値を計算して、それが送り手の公開鍵を使って署名から復元したハッシュ値と一致するかを確かめます。一致していれば、確かにその公開鍵とペアになる秘密鍵を持っている相手が署名したことがわかり、かつ、署名されて以降、改ざんされていない文だということがわかるのです。

本書には、デジタル署名の応用がいろいろ出てきますが、その仕組みについては、**暗号の仕組み**（227P）同様、本書よりも前作のほうが詳しく説明しています。

第3章 ✤ 謎の銀行

■ワットシステム

参考：ワットシステムズ・ホームページ　055
http://www.watsystems.net/

ワットシステムは、ゲゼル研究会主宰の森野栄一さんにより開発された**地域通貨**（6章）の仕組みで、現実にいろいろな地域で利用されています。たとえば、埼玉県志木市、知多半島、神奈川県大和市の農場などです。大分県の湯布院でも用いられていましたが、現在はコミュニティづくりのための役目を終え、さほど流通していないといいます。

ワット券は、必要に応じてだれでもデザインできますが、標準的なワット券には「ワット会員は自然と人間という自然が本位とされることを願っています」と書かれています。

（本書の巻末に、各地のワット券の見本があります）

■iワット

参考：i-WAT　055
http://www.media-art-online.org/iwat/

iワットは、ワットシステムを私が電子化し、インターネットで使えるようにしたものです。

実際に、参考文献としてあげたURLからたどると、パソコン用のソフトウェアをダウンロードして利用することができます。裏書きなどでデジタル署名を使うことから、**PGP（GnuPG）**（8章）をインストールしておく必要があります。

携帯電話への対応なども含めて、まだまだこれから作り込まなければならないソフトウェアです。ぜひ、使ってみて、ご意見をお聞かせいただければ幸いです。

・iワットはフリーソフトウェアで、GNU GPL（General Public License: 一般公衆利用許諾）に基づいて配布されています。

さて、そう書いたからには、GNUおよびフリーソフトウェアについても説明しなければなりません。

■フリーソフトウェア　**関連項目**

参考：The GNU Operating System
http://www.gnu.org/

GNU《グニュー》（GNU's Not UNIX）は、UNIX**オペレーティング・システム**（終章）と互換となるソフトウェア環境を、すべてフリーソフトウェアで実現するプロジェクトです。

フリーソフトウェア（free software）は、たんに無料というのではなく、つぎの四つの自由をすべて保証するソフトウェアです（参考文献としてあげたサイトから引用）。

1—目的を問わず、プログラムを実行する自由（第0の自由）。

2—プログラムがどのように動作しているか研究し、そのプログラムにあなたの必要に応じて修正を加え、採り入れる自由（第1の自由）。ソースコードが入手可能であることは、この前提条件となります。

3—身近な人を助けられるよう、コピーを再頒布する自由（第2の自由）。

4—プログラムを改良し、コミュニティ全体がその恩恵を受けられるよう、あなたの改良点を公衆に発表する自由（第3の自由）。ソースコードが入手可能であることは、ここでも前提条件となります。

番号が0から始まっているのは、計算機科学《コンピュータ・サイエンス》の風習です。ソースコード（source code）というのは、人間が読み書きできるプログラミング言語によって表現されているプログラムのことです。

持続可能な情報社会をつくっていくうえで、これら四つの自由はとても重要です。ソースコードさえあれば、たとえ開発者や販売元の企業などがいなくなっても、本当に必要なソフトウェアなら、みんなで改良しつづけていくことができるからです。この考え方は、不思議の国とてもよくマッチしています。

■ビンズヴァンガーという学者の本　069

参考：河邑厚徳・グループ現代『エンデの遺言――「根源からお金を問うこと」』ＮＨＫ出版、二〇〇〇

物語のなかでロイスおばあさんが語る、漁村にまつわる逸話は、『エンデの遺言』で、エンデの発言のなかで紹介されている実話をもとにしています。

ビンズヴァンガーは、スイスの経済学者です。ビンスヴァンガーと表記されることもあります。

■連　069

参考：田中優子「What is lian, 連とは何か」
http://www.lian.com/TANAKA/whatis.htm

連は、日本の江戸時代にさまざまな目的で形成された文化活動のためのグループで、現在、私たちがインターネットを使って協働するうえでも参考になる仕組みです。

法政大学の田中教授は、右にあげたウェブページのなかで、連をつぎのように説明しています。

「日本語でいう『連』とはForumのことであり、ＲＥＮと発音する。……目的は様々で、日本の江戸時代（一六〇三～一八六七）であれば、主にソフトを作ることや研究や翻訳に専念した。……江戸時代の連の特徴は、決して巨大化せず適正規模を保つこと（そのため連の数が増える）、存続を目的としていないこと、コーディネイターはいるが強力なリーダーはいないこと、費用は参加者が各々の経済力に従って負担すること、パトロンと芸術家、享受者と提供者の分離がなく全員が創造者であること、様々な年齢、階級、職業が混在していること、

メンバーの出入りが自由であること、他の連と密接なつながりがあること、メンバー各々が多名であること、などである。連に参加する創造的な人間は、活動によって複数（ときには数十個）の名前を使い分けているのがふつうである」

第4章 ✤ 真ん中団の野望

■フェアユース　086

参考：フェアユース—Wikipedia
http://ja.wikipedia.org/wiki/フェアユース

フェアユース（fair use）は、利用が公正であるといえるときに、著作権者の許しがなくとも著作物を使用できる場合を表す言葉です。

日本の法律では、個別のケースについての記載はあるのですが、原理的にこのような場合が公正であるといった、明確な規定がありません。それでは利用者の利益を損なうことにつながるので、二〇〇九年現在、「日本版フェアユース規定」の法制化を求める動きが出てきています。

■ワームホール　094

参考：ワームホール—Wikipedia
http://ja.wikipedia.org/wiki/ワームホール

ワームホール（wormhole）は、時空のある一点から別の離れた一点へと直結するトンネルのようなもので、そこを通ると光よりも速く時空を移動できるというものです。一般相対性理論の数学的な帰結として、アインシュタインとローゼンにより発見されたことから、アインシュタイン-ローゼンブリッジとも呼ばれます。

ＳＦ作品ではおなじみの概念ですが、ワームホールは現在のところ、まったく架空の存在です。

■共有地《コモンズ》の悲劇　097

参考：Garrett Hardin. The tragedy of the commons. *Science*, Vol. 162, 1968

コモンズの悲劇（the tragedy of the commons）は、雑誌Scienceに掲載された、**分散システム**（終章）における資源共有についての示唆に富む思考実験です。その内容は、物語のなかでマナカが子分の口を借りて説明したとおりです。

■特許についての考え　098

参考：ローレンス・レッシグ『コモンズ』翔泳社、二〇〇二

本書での、特許についてのジェファソンの考えのまとめ方は、参考文献としてあげた『コモンズ』に従いました。

■モモ　100

参考：(1)ミヒャエル・エンデ著、大島かおり訳『愛蔵版モモ』岩波書店、二〇〇一
(2)ヴェルナー・オンケン著、宮坂英一訳「経済学者のための『モモ』入門」自由経済研究第14号
http://www.grsj.org/book/sfe/keizaigakusha_notameno_momo_nyumon.pdf

経済学者ヴェルナー・オンケンは、エンデの童話『モモ』を読み、その背景に、いまのお金の仕組みに対する問題意識と、ゲゼルの著書『**自然経済秩序**』（6章）で提唱されているような「減価する貨幣」への理解が隠されていることに気づきました。オンケンは、その考えを「経済学者のための『モモ』」という論文にまとめ、自分の考えが正しいかどうか、直接エンデに手紙を送って確かめました。それに対して、エンデはこう答えたといいます（参考文献(2)より引用）。

「老化する貨幣が私の本『モモ』の背景にあることに気づいたのは、あなたがはじめてです。シュタイナーとゲ

ゼルの考えをこの数年間、集中的に学びました。そして、貨幣の問題が解決されなければ、私たちの文化に関するすべての問題は解決されないことに気づきました」

オンケンは、『モモ』のなかに登場する灰色の男たちを、利子によって暮らし、それによって私たちの生活の時間を奪う、不正な貨幣システム（いまのお金の仕組み）の受益者にすぎないと指摘しています。

第5章❖ミライ望遠鏡

■ピークオイル 108

参考：⑴青木秀和『「お金」崩壊』集英社新書、二〇〇八

⑵「ん」のカーブが意味するもの
ん！―ピークオイル時代を語ろう―
http://www.janjanblog.jp/user/stopglobalwarming/forum2/3252.html

ピークオイルは、石油生産量の成長がピークに達し、それ以降は下り坂に転じる点です。石油が、私たちが生きている時間のスケールでは再生産されない天然資源である以上、それはかならずやってきます。その時期については、いろいろな予測が飛びかっていますが、投機により石油価格を高騰化させることもできるくらいですから、私たちはいま、大ざっぱに考えて、「ピークオイル期」とでも呼ぶべき時代に突入していることは間違いないでしょう。すでに、私たちはピークオイルの影響下にあるといえます。

実際にピークオイルが到来したことの判定や、その時期の予測を難しくしているのは、情報を操作することにより、利益を得られると考えている人たちがいるからだと思います。いまのお金の仕組みが絡むと、私たちの科学する心の象徴であるミライ望遠鏡も曇ってしまうといえるでしょう。

日本ではなぜか、ピークオイルについての認識が薄く、私が初めてその概念について意識したのは、『「お金」崩壊』という本によってでした。物語の最後に博士が描く、

地球をひとつのシステムとして捉えた絵でも、青木さんのこの本を参考にしました。「んがも」の「ん」の字を用いた説明は、参考文献(2)にもとづいています。

■水を大量に輸入 113

参考：千葉保＋コンビニ弁当探偵団『コンビニ弁当16万キロの旅――食べものが世界を変えている』太郎次郎社エディタス、二〇〇五

私たちは、多くの農作物などを外国から輸入しています。もし、それらを自分の国で作ったら、どのくらいの量の水が必要だったでしょうか。それは、私たちにとっては仮想的な水、ヴァーチャル・ウォーター（virtual water）です。つまり、輸入品の裏に隠されている水の量を考えるのです。

日本が一年間に輸入している農畜産物や工業製品をヴァーチャル・ウォーターの観点からみると、六四〇億トンもの水を世界から輸入していることになるといいます。

一方、日本国内で実際に使われている水の量は、一年間で約八七〇億トンだといいます。私たちは、自分たちが必要としている水の四〇%以上を外国から輸入しているのです。

第6章 不思議の国のNEO

■地域通貨 119

参考：Ithaca HOURs Online
http://www.ithacahours.com/

特定の地域だけで通用するお金を地域通貨と呼びます。地域通貨には、地域でお金を循環させることにより、地域の労働力を無駄なく活用でき、地域の人びとの生活を豊かにできる効果があるとされています。

物語に登場するフナン・アワーズという通貨は、アメリカ合衆国ニューヨーク州のイサカ市とその近郊で使われている地域通貨イサカ・アワーズ（Ithaca HOURs）

がモデルになっています。イサカ・アワーズの紙幣には、"IN ITHACA WE TRUST"（イサカでは私たちは互いを信じる）というモットーが印刷されています。イサカ・アワーズの創始者であるポール・グローバー氏は、自分たちの地域のみで使えるお金を発行する理由について、つぎのように述べています。

「……連邦（訳注：アメリカ合衆国のこと）のドルは街にやってきて何回か人びとと握手したかと思うと、この地域を離れ、熱帯雨林から伐採した木材を買ったり、戦争を戦うために使われていく。一方、イサカのアワーズは、この地域に留まり、私たちがたがいを雇うことを助ける。……私たちは、イサカのアワーズを本物のお金だと思っている。それは、本物の人びとと本物の時間と、本物の技術や道具によって支えられている。対してドルは、おかしなお金で、金や銀によって支えられているわけでもなく、支えているものが何もないどころか、マイナスのもの、五兆六千億ドルにのぼる国家の借金によって支えられている」

日本の地域通貨では、先にあげたワットシステムを用いたもののほかに、千葉の「ピーナッツ」が有名です。ピーナッツではＬＥＴＳ（Local Exchange Trading System）という、銀行の口座間のやりとりと似たような仕組みが用いられています。

■自然経済秩序 119

参考：(1) Sylvio Gesell. *The Natural Economic Order*. The Free Economy Publishing Co., 1934.（ドイツ語第六版からの翻訳）

(2) シルビオ・ゲゼル研究室　代表作『自然経済秩序』 http://www3.plala.or.jp/mig/gesell/ nwo-jp.html

(3) ゲゼル研究会　http://www.grsj.org/

本書の題名ともなっているＮＥＯは、経済学者シルビオ・ゲゼルの代表的な著作である『自然経済秩序』の英語版（参考文献(1)）の題名の頭文字が元ネタになっています。日本語版は、参考文献(2)のＵＲＬで読むことができます。

『自然経済秩序』のなかで、ゲゼルは、お金も、その交換の対象となる商品と同じように、時間がたつにつれて朽ちていく（価値が減っていく）必要があると述べています。

このことを実現するためのアイデアとして、ゲゼルは「スタンプ紙幣」という仕組みを採用しています。これは、たとえば、毎週水曜日に裏面に有料のスタンプを貼らないと使えないような紙幣です。この紙幣を持ちつづけると、スタンプを貼るコストを負担しなければならなくなるので、持ち主にとってその紙幣の価値は減っていきます。逆に、コストを負担したくなければ、さっさと使ってしまえばよいので、紙幣はため込まれず、交換の媒体という本来の役目を果たしつづけることになります。

仮に、紙幣の額面が一ドルだとして、裏面にスタンプを貼付する五十二個のスペースがあり、スタンプが一枚二セントだとすると、地方政府などの紙幣の発行者は、一年をかけて、利用者から一ドル四セントを回収できることになります。これによって、紙幣のもともとの価値である一ドルを担保し、かつ、スタンプの印刷費を含む管理費用を捻出できます。

スタンプ紙幣は、世界が大恐慌にあえいでいた一九二〇～三〇年代、北米やヨーロッパのさまざまな地域で実際に使用されました。もっとも有名な例は、一九三二年、オーストリアのヴェルグルという街での実践です。その試みは大成功を収め、世界的な大不況のなか、ヴェルグルだけが繁栄することとなり、国際的に注目されることになりました。

ところが、この試みは、オーストリアの中央銀行からの訴訟により一年ほどで終結し、完全雇用に近かったヴェルグルの街は、ふたたび三〇%近い失業率に苦しむことになったといいます。それは、スタンプ紙幣を実践していた他の地域でも同様な状況でした。

ちなみに、第二次世界大戦は、この後、一九三九年に始まっています。もし、中央銀行によってスタンプ紙幣の実践が止められなければ、歴史はどう変わっていたでしょうか。

■**兌換《だかん》通貨（兌換紙幣）** 121

参考：紙幣―Wikipedia

http://ja.wikipedia.org/wiki/ 紙幣

本位貨幣（歴史的には金貨や銀貨）と交換ができる紙幣のことを兌換紙幣と呼びます。

不思議の国では、自然と、人間という自然が本位ですから、それによって担保されているワット券が本位貨幣で、それと交換ができるフナン・アワーズなどが兌換紙幣となっているのです。

■**減価するワット券** 127

減価する貨幣の仕組みを実現するには、いくつかの方法があります。スタンプ紙幣については**自然経済秩序**（６章）の説明を参照してください。ほかに、カレンダー紙幣と呼ばれる方法があります。お札に、価値が減っていく日程をあらかじめ書いておくというものです。

ゲゼルの考え方を実践するために、ワットシステムにも減価する仕組みを採り入れようと考えた森野榮一さんと私は、ｉワットのなかに、カレンダー紙幣の仕組みを標準機能として組み込みました。ですから、だれでも、すぐにでも、減価する貨幣を使いはじめることができます。

減価する貨幣を使うことで変わるのは、人びとの、投資に対する考え方だと思います。

多くの人が、将来、大きなお金になることに投資しようと考えます。いまのお金は、他の商品と違って価値が減らないものですし、人びとは、長く続くものに投資しようと考えるからです。もし、お金が、ほかのものと同様に朽ちていくなら、わざわざお金に投資しようとは考えないはずです。自分自身や未来の人びととの役に立つ、もっと長く続くものに投資しようと思うでしょう。

■**モバイル・クラビング** 133

参考：Mobile Clubbing―Wikipedia, the free encyclopedia.

http://en.wikipedia.org/wiki/Mobile_Clubbing

モバイル・クラビングは、ヘッドフォンでそれぞれ好きな音楽を聴いている大勢の人びとが、公共の空間で、いきなりいっせいに踊りだすイベントです。**フラッシュモブ**（次項）の一例であると同時に、不思議の国の考え方にとてもマッチした音楽の楽しみ方だと思います。クラブの空間のなかでは権力ともなりかねないＤＪを廃し、かわりに、それぞれが自律的に選曲した音楽でダンスを楽しむからです。モバイル・クラビングでは、音楽はだれかから与えられるものではないのです。

■フラッシュ・モブ　133

参考：フラッシュモブ―Wikipedia
http://ja.wikipedia.org/wiki/ フラッシュモブ

フラッシュ・モブ (flash mob) は、インターネットを使ってしめしあわせた大勢の人びとが、公共の場所に集まり、何か特定の行動（たとえば、十五秒間の無意味な拍手など）を起こして、すぐに解散することです。

　このあと、懐中電灯（フラッシュ・ライト）を使って光の信号を伝えたレジスタンコの群衆《モブ》は、文字どおりフラッシュ・モブを実践したということになります。

第8章✤レジスタンスの結成

■ＰＧＰ（GnuPG）　157

参考：GNU Privacy Guard―Wikipedia
http://ja.wikipedia.org/wiki/GNU_Privacy_Guard

ＰＧＰは、Pretty Good Privacy（なかなかグッドなプライヴァシー）の略で、暗号化とデジタル署名のために、私たちが実際に利用できる仕組みのひとつです。ＰＧＰでは公開鍵暗号を用います（**暗号の仕組み**（227Ｐ）を参照）。

　くり返しになりますが、実際に公開鍵暗号を使うさいに問題になるのは、公開されている公開鍵の信憑性です。いくら公開鍵はおおやけにできるからといって、公開されている公開鍵をだれかがすり替えてしまったとしたら、信用は成り立たなくなってしまいます。ＰＧＰで重要なのは、公開鍵の信憑性を、ＰＧＰを使う人びと自身が築きあげる信用のネットワークを使って確かめていくという点です。ＰＧＰでは、信用はだれかから与えられるものではないのです。

GnuPG（GNU Privacy Guard）はＧＮＵ版のＰＧＰの実装であり、フリーソフトウェアです。

第9章 ✤ 133ミリ秒の抵抗

■そのことをよく思っていない人たち（ＮＥＯをよく思わない人たち） 165

参考：ブルース・スターリング「招き猫」（短編集『タクラマカン』に収録）、ハヤカワ文庫ＳＦ、二〇〇一

参考文献としてあげたブルース・スターリングによる短編「招き猫」は、コンピュータ・ネットワークにより自律的に制御された、贈与にもとづく経済を描いたものです。それは、地球規模オペレーティング・システムがちょっと行きすぎた姿にも見えますが、なかなか面白い社会です。この経済に参加している登場人物は、政府のエージェントから、「ネットワーク贈答経済は、合法的な、政府の認める規制経済を弱体化させている」と非難されます。それに対する切り返しも見事です。

■P2P（peer-to-peer） 171

参考：⑴Peer-to-peer — Wikipedia, the free encyclopedia.
http://en.wikipedia.org/wiki/Peer-to-peer
⑵ DAS-P2P（International Workshop on Dependable and Sustainable Peer-to-Peer Systems）
http://das-p2p.wide.ad.jp/

P2P（peer-to-peer）は、コンピュータ・ネットワークのつくり方のひとつです。Peerとは、対等な相手とい

う意味です。

P2Pでは、ある特定の参加者に権限が集中すること を極力避けるように設計を行ないます。特定のサーバが サービスを提供するという方式を採らず、すべてが対等な相手同士の通信で行なえるように考えます。すると、権限が分散されますので、物語のなかでケンチャが言っていたような、single point of failure（単一故障点）、つまり、壊れると全体が動かなくなってしまう急所をつくらずにすみます。それに加え、だれでもシステムを始めたり、維持したり、障害から回復させたりできるような、自律性を保つことができます。

このことは、持続可能な社会をつくるための情報基盤のデザインにおいては、重要な考え方です。

日本では、代表的なファイル共有ソフトウェアであるWinnyの作者が著作権法違反幇助の罪で逮捕されたこともあり、P2Pに対してネガティヴな印象をもっている人も多いと思います。また、P2Pといえばファイル共有のことだと思う人も多いでしょう。

ですが、実際には、医療、交通、エネルギーなど、社会の基盤となる分野で、P2Pの自律・分散・協調的な性質を利用して、情報を対等な相手同士で共有し、資源をうまく融通させられるような、壊れにくい仕組みをつくろうという研究が、世界でさかんに行なわれつつあります。

不思議の国での情報システムも、すべて基本的にP2Pの考え方でつくられています。

こうした考え方を知ってもらい、また、実際にこうした考え方でつくられる社会を技術的に支援するための諸問題について議論するために、私は、参考文献(2)として記載した国際ワークショップを仲間といっしょに主宰しています。

■ヘッジファンド 174

参考：ヘッジファンド—Wikipedia
http://ja.wikipedia.org/wiki/ヘッジファンド

ヘッジファンド（hedge fund）は、私的な投資組合の一種で、一般に、短期間に高い運用利益を稼ぐことを目

的とし、高いリスクをヘッジ（損失を保険すること）させた投機活動を行ないます。

終章 ❖ 石油文明のあとに

■ダムレス水力発電 208
参考：Damless hydro — Wikipedia, the free encyclopedia.
http://en.wikipedia.org/wiki/Damless_hydro

ダムレス水力発電は、川の流れや潮力などを利用して、ダムを使わずに発電する方式です。ダムを用いる方式に対して、安全性（決壊のリスクがない）、環境への影響、設置コストなどの面で優位とされています。

■太陽帆《ソーラー・セイル》 208
参考：太陽帆—Wikipedia
http://ja.wikipedia.org/wiki/ 太陽帆

太陽帆《ソーラー・セイル》は、大きな鏡のような帆に恒星からの光やイオンを反射させ、その反動で宇宙船を推進させるというものです。

日本では、宇宙航空研究開発機構（ＪＡＸＡ）により研究が進められており、イカロスと名づけられた惑星間航行用の実証機が開発される予定です。

■空力制動《エアロ・ブレーキング》 208
参考：Aerobraking — Wikipedia, the free encyclopedia.
http://en.wikipedia.org/wiki/Aerobraking

空力制動《エアロ・ブレーキング》は、宇宙船の飛行を制御するための方法のひとつです。ロケット・エンジンの逆噴射によりブレーキをかけるかわりに、惑星や衛星の大気との摩擦によりブレーキをかけます。これによって、貴重な燃料を節約することができます。

映画「２０１０年」では、木星の大気との摩擦によりブレーキをかける宇宙船の様子がダイナミックに描かれています。

■オペレーティング・システム 210

参考：Operating system — Wikipedia, the free encyclopedia.
http://en.wikipedia.org/wiki/Operating_system

オペレーティング・システムは、コンピュータ・ソフトウェアのシステムを構成するための基本ソフトウェアです。プロセッサやメモリなど、コンピュータのハードウェア資源と、アプリケーション・プログラムのあいだのインタフェースを司ります。

コンピュータのもつ限られた資源を複数のプログラムで共有し、それぞれの活動を行なえるように調整する役割をもつのですが、この機能を担う部分をとくに、**カーネル**（核）（終章）と呼びます。

また、パソコンや携帯電話など、人間が使うことが前提になっているコンピュータ（携帯電話もコンピュータです！）のオペレーティング・システムでは、カーネルが管理する資源を、人間であるユーザがプログラムをとおして利用できるように、人間のための操作インタフェースを提供します。このインタフェースのことを**シェル**（殻）（終章）と呼びます。

■分散システム 210

参考：Paul Baran. ON DISTRIBUTED COMMUNICATIONS: I. INTRODUCTION TO DISTRIBUTED COMMUNICATIONS NETWORKS. 1964.
http://www.rand.org/pubs/research_memoranda/RM3420/

分散システムは、狭い意味では複数のコンピュータがネットワークによりつながり、ひとつの目的を達成するために協調動作するようなシステムです。

広い意味では、集中システムの反意語ですから、社会の在り方などに対しても適用できる考え方です。

参考文献としてあげた研究メモは、一九六〇年代のものですが、インターネットの実現に関する先駆的なアイ

デアが述べられています。その冒頭では、ネットワークの形態として、

(a)集中

中央集権や特定のサーバに依存するシステムにあたります。

(b)階層化による分権

地方分権や現在のインターネットのドメイン名システムなどにあたります。

(c)分散

不思議の国の社会構造や、いまでいうＰ２Ｐシステムにあたります。

の三種類を紹介し、本当に壊れにくい、持続可能なネットワークをつくるためには、「分散」の考え方でなければならない、としています。そのうえで、その考え方にもとづくネットワークを実際につくるために、いまでいうパケット通信の考え方を提唱しています。

これは、社会の在り方を考えるうえでも示唆に富んでいます。ネットワークとは、結局のところ、人と人とのつながりのことだからです。

前作『インターネットの不思議、探検隊！』では、インターネットの分散システムとしての特長をわかりやすく説明することを目指しました。

本作では、分散システムの考え方が広く社会に行きわたった姿として「不思議の国」を描いています。

■カーネル 212

参考：Kernel (computing)—Wikipedia, the free encyclopedia. http://en.wikipedia.org/wiki/Kernel_(computer_science)

オペレーティング・システム（前ページ）の説明でも書きましたが、システムを構成する中核的な要素で、コンピュータのもつさまざまな資源をプログラムから利用可能にしている部分を、伝統的にカーネル（核）と呼んでいます。

カーネルを、ハードウェア資源をじかに管理する「中心核」と、たとえば、ディスク装置の記録領域のかわり

にファイルの単位で扱えるようにするといったような、より高度に抽象化された資源を管理する「周辺核」に分ける分類方法は、東京大学の坂村健教授をリーダとするトロンプロジェクトで開発されたＢＴＲＯＮ(Business TRON) オペレーティング・システムに倣ったものです。ＴＲＯＮはThe Real-time Operating System Nucleus（実時間オペレーティング・システム核）の略で、人間の社会の情報基盤となるオペレーティング・システムを用途ごとにシリーズ化して標準化しようとした試みです。人間は物理空間のなかで生活し、実際の時間のなかで生きていますから、コンピュータもそれに合わせて動く必要があります。それが、実時間という言葉がついていることの意味です。

　地球規模オペレーティング・システムの考え方は、ＴＲＯＮで検討されていたＭＴＲＯＮ（Macro TRON）にたいへん近いものがあります。私は日立製作所などでの仕事をとおして、長らくＴＲＯＮのオペレーティング・システムやその応用システムの開発に携わっていたことがあり、ＴＲＯＮに大きな影響を受けました。

■シェル　212

参考：Shell(computing)—Wikipedia, the free encyclopedia.
http://en.wikipedia.org/wiki/Shell_(computing)

オペレーティング・システムの説明でも書きましたが、システムを構成する要素のひとつで、ユーザとのインタフェースを司る部分を、伝統的にシェル（殻）と呼んでいます。

　地球規模オペレーティング・システムは、つくるのがたいへん難しいと思いますが、私は、つくるのであればシェルから始めるべきだと考えました。人間にとって、オペレーティング・システムはシェルに見えるからです。

　シェルから設計すれば、人間が地球規模オペレーティング・システムをどのように使っていけるのがよいか、確かめながら、開発を進めることができます。そのことをとおして、周辺核への要求が明らかになっていきます。

中心核は、既存の実時間カーネルを利用できるでしょう。私は地球規模オペレーティング・システム外殻《シェル》のプロトタイプを開発していますが、じつは、.iワットはその一部なのです。

■カーボン・ナノチューブ 216

参考：カーボンナノチューブ—Wikipedia
http://ja.wikipedia.org/wiki/カーボンナノチューブ

カーボン・ナノチューブは、炭素がチューブ状につながった構造をもつ物質です。アルミニウムの半分という軽さ、鋼鉄の二十倍の強度、そしてしなやかな弾力性をもち、軌道エレベータのリボンの素材として利用できると考えられるほか、さまざまな応用の可能性が期待されています。

■軌道エレベータ 217

参考：(1) 軌道エレベーター—Wikipedia
http://ja.wikipedia.org/wiki/軌道エレベータ
(2) LiftPort Group — The Space Elevator Companies.
http://www.liftport.com/

軌道エレベータは、宇宙エレベータとも呼ばれ、地上と衛星軌道を直接むすぶエレベータです。原理は、物語のなかで博士が述べているとおりです。地球の重力と、その周りを回る遠心力でつりあうように、長い紐を伸ばします（参考文献(1)）。

フィクションでは、アーサー・C・クラークによる小説「3001年終局の旅」などに登場しますが、ワームホールなどと比べたら、はるかに実現性が高い技術です。

実際に軌道エレベータを建造することを目指しているLIFTPORT社（参考文献(2)）の計画によれば、このエレベータは太平洋上につくられ、太陽電池で動作するリフターと呼ばれるロボットが、カーボン・ナノチューブによる長さ五万キロメートルの細いリボンをつたって上下することで、貨物や人間を地上から宇宙へ、宇宙から地上へ、運ぶことができます。LIFTPORT社は、二〇三一年十月二十七日の運行を目指し、建造準備を進めています。

最初に本書の元となる原稿を書いた二〇〇四年の時点では、目指す日付は二〇一八年四月十二日でしたので、計画に遅れが出ていることになります。いまの社会では、何をするにせよお金が必要ですが、さまざまな記事から、LIFTPORT社も資金面で苦労している様子がうかがえます。

人類が、現在の経済システムを変えないまま、軌道エレベータのような、本当に重要で地球規模の技術を実用化できるのかどうか、興味深いところです。

各地の地域通貨（ワット券）の見本

WAT SYSTEMS CHOBIT

こどもわっと ちょびっと CHOBIT 1 WAT わっと

いまは1わっと100えんぐらいだよ。

① つかうひと（乙《おつ》）なまえ

② うけとるひと（甲《こう》）なまえ

③ とりひきは　ねん　がつ　にちにおこなわれました。

このわっとけんで「しみんきょうどうはつでんしょさい」や、つかったひと、とはなしあいできまった「おしごと」または「もの」でのおかえしをやくそくします。

おとなじゃないかたへ：わっとをうけとってくれてどうもありがとう。

おとなのひとたちへ：みらいのとてもおおすぎるしゃっきんをいま、もうちょびっとふたんしてね。

インターネット　http://watsystems.net

【つかうひと（ふりだしにんといいます）のひかえ】
ひかえはたいせつにとっておこう。

④ つかったひ
ねん　がつ　にち

⑤ あてさき（うけとったひと）

⑥ ふりだしにん（つかうひと）

⑦ しゃくにゅうわっとだか（わっとのりょう）
ちょびっと 1 わっと

⑧わりいん
はんがここのたてせんで、はんぶんこになるようにはんこをおします。サインでもオーケーだよ。

わっとけんのつかいかた

さいしょにわっとけんをつかうひとは①～⑧のばんごうのじゅんばんでボールペンなどじがきえにくいペンでかきこんでいきます。⑨できりわけて、みぎがわのわっとけんをうけとるひとにわたせばオーケー、とりひきがおわります。

やくそくしよう。

わっとけんをつかうと「しみんきょうどうはつでんしょさい」や、つかったひととはなしあいできまった「おしごと」または「もの」でのおかえしをやくそくすることになります。

さようならのやくそく。

「ふりだしにん（さいしょにつかったひと）にもどってきたらそのわっとけんはつかえなくなります。」

うらがきのめんです。うけとったひとがつぎにこのわっとけんをつかうときにかきこむところです。

❶❷❸ステップでひとつのとりひきにつかえるようになります。

❶とりひきのおこなわれたひ	❷つかうひとのなまえ	❸うけとるひとのなまえ
ねん　がつ　にち	（　）	（　）
ねん　がつ　にち	（　）	（　）
ねん　がつ　にち	（　）	（　）

うらがきがたりなくなったらほかのかみをつけて、つかうことができます。

⑨ ここからせんにあわせてうえにきりわけます。

✣こどもわっと　ちょびっと
1わっと券
http://www.watsystems.net/watken/kodomowat1.html
自分で金額を記入するタイプのものもあります。

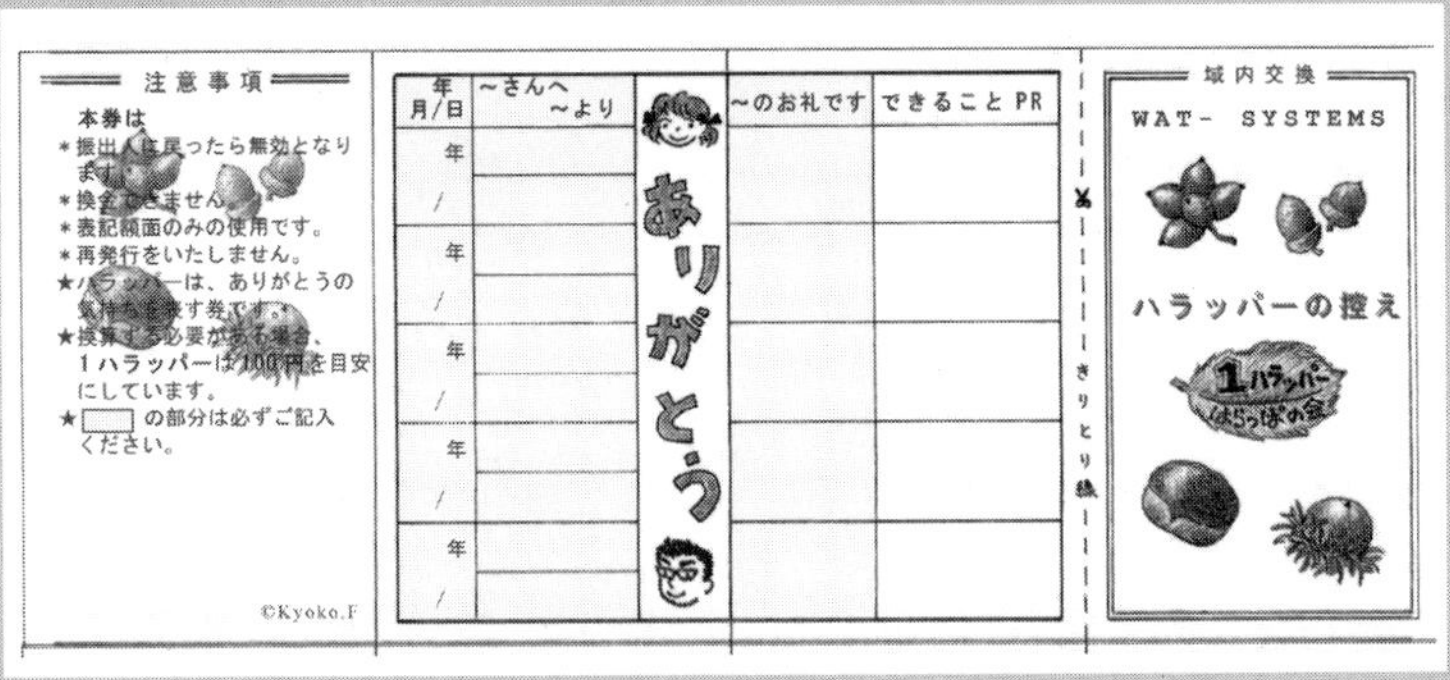

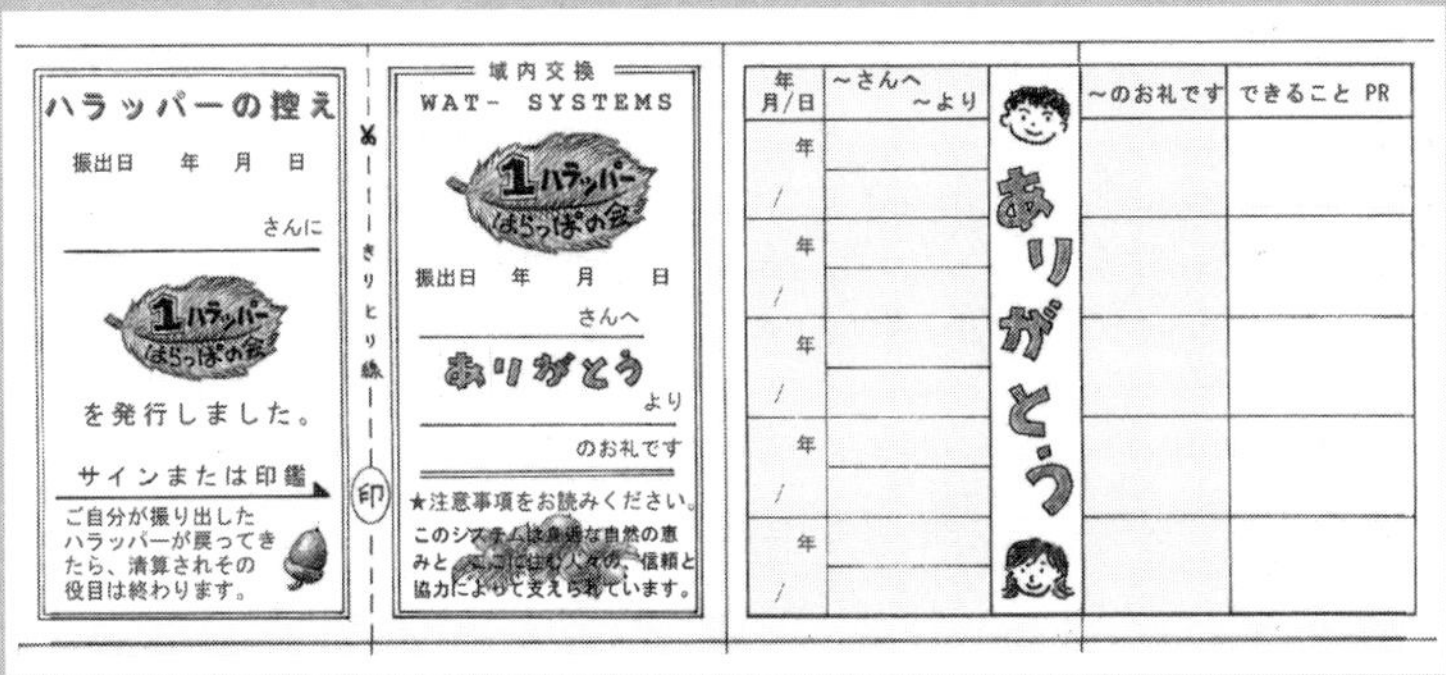

❖ハラッパー券（埼玉県志木市）
http://www.harappanokai.org/

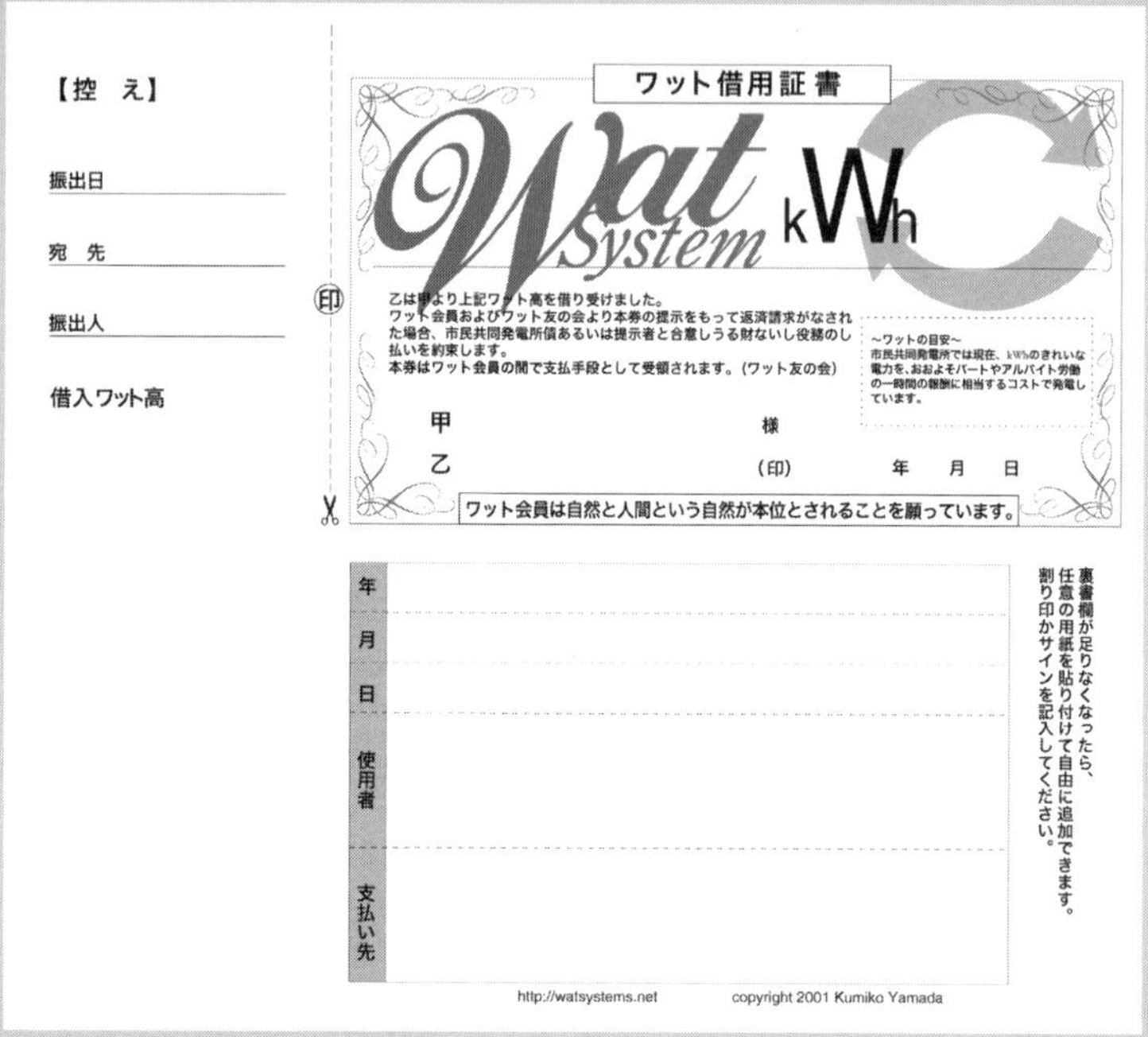

❖ワット借用証書
http://www.watsystems.net/watken/watprintable/watsystemswatprintable.pdf

❖左ページの上は、著者デザインによるワット借用証書
http://www.media-art-online.org/iwat/wat-tickets/

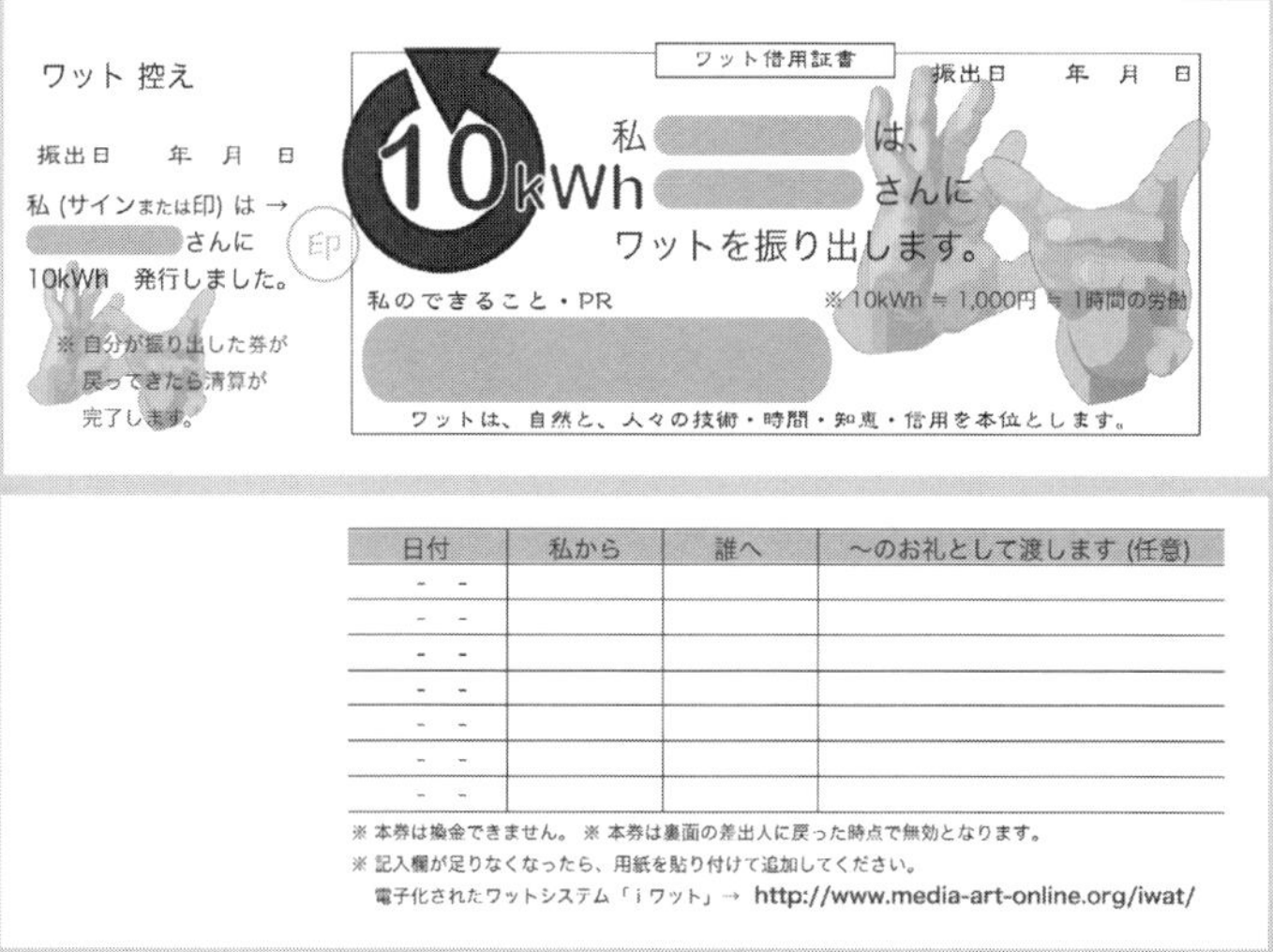
ワット 控え

振出日　　年　月　日

私 (サインまたは印) は →

さんに

10kWh　発行しました。

印

※ 自分が振り出した券が戻ってきたら清算が完了します。

ワット借用証書

振出日　　年　月　日

10kWh

私　　　　は、

　　　　さんに

ワットを振り出します。

私のできること・PR

※10kWh ≒ 1,000円 ≒ 1時間の労働

ワットは、自然と、人々の技術・時間・知恵・信用を本位とします。

日付	私から	誰へ	～のお礼として渡します (任意)
－ －			
－ －			
－ －			
－ －			
－ －			
－ －			
－ －			

※ 本券は換金できません。 ※ 本券は裏面の差出人に戻った時点で無効となります。

※ 記入欄が足りなくなったら、用紙を貼り付けて追加してください。

電子化されたワットシステム「iワット」→ http://www.media-art-online.org/iwat/

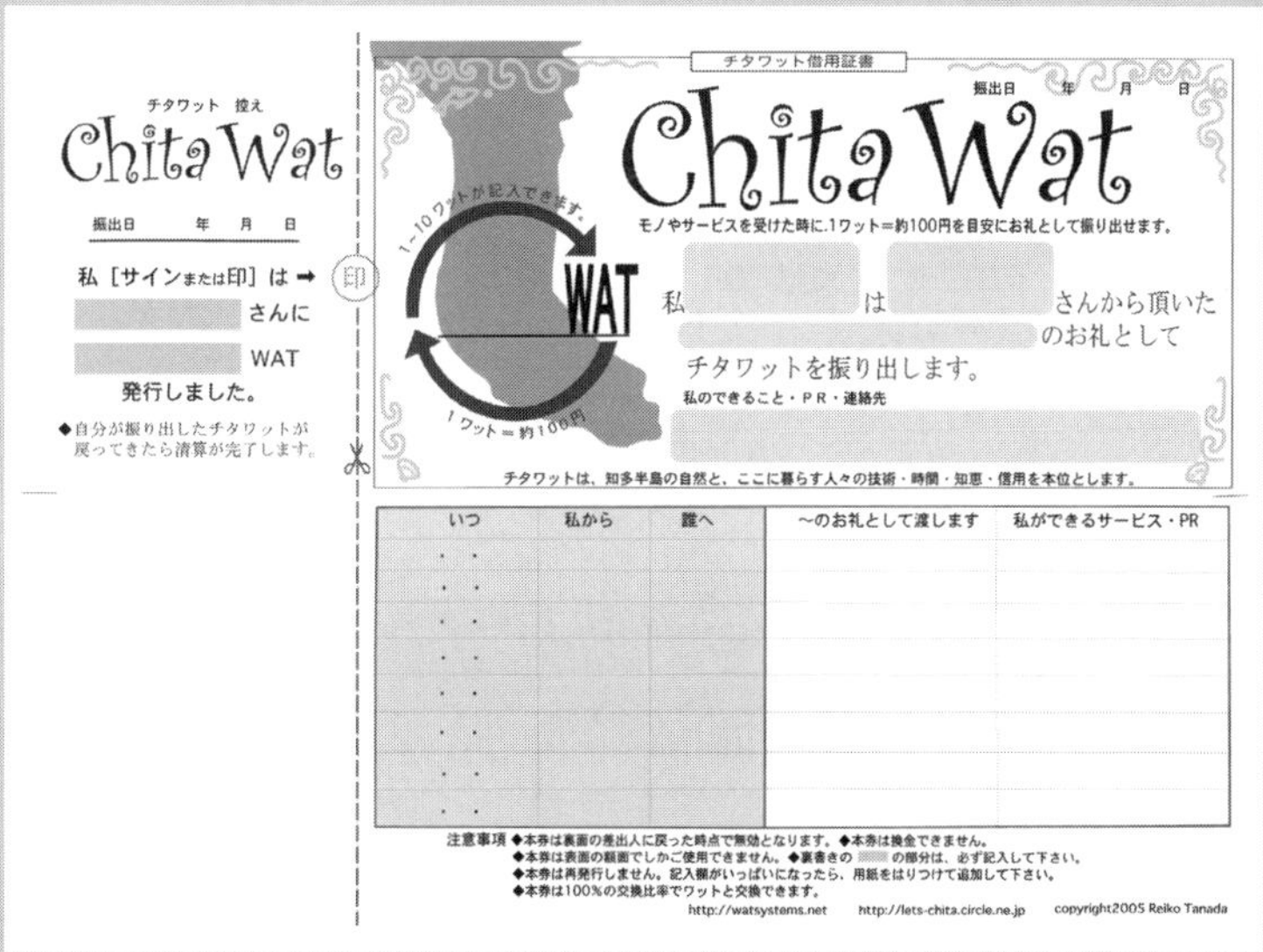
チタワット　控え

Chita Wat

振出日　　年　月　日

私［サインまたは印］は ➡

さんに

WAT

発行しました。

印

◆自分が振り出したチタワットが戻ってきたら清算が完了します。

チタワット借用証書

振出日　　年　月　日

Chita Wat

モノやサービスを受けた時に.1ワット＝約100円を目安にお礼として振り出せます。

1～10ワットが記入できます。

WAT

1ワット＝約100円

私　　　　は　　　　さんから頂いた

　　　　のお礼として

チタワットを振り出します。

私のできること・PR・連絡先

チタワットは、知多半島の自然と、ここに暮らす人々の技術・時間・知恵・信用を本位とします。

いつ	私から	誰へ	～のお礼として渡します	私ができるサービス・PR
・ ・				
・ ・				
・ ・				
・ ・				
・ ・				
・ ・				
・ ・				
・ ・				

注意事項 ◆本券は裏面の差出人に戻った時点で無効となります。◆本券は換金できません。
◆本券は表面の額面でしかご使用できません。◆裏書きの　の部分は、必ず記入して下さい。
◆本券は再発行しません。記入欄がいっぱいになったら、用紙をはりつけて追加して下さい。
◆本券は100%の交換比率でワットと交換できます。

http://watsystems.net　http://lets-chita.circle.ne.jp　copyright2005 Reiko Tanada

❖チタワット借用証書（知多半島）
http://lets-chita.circle.ne.jp/chitawat3.pdf

斉藤賢爾（さいとう・けんじ）

1964年生まれ。インターネットによる分散システム、リアルタイムシステムの研究者。慶應義塾大学大学院 政策・メディア研究科講師。

コーネル大学大学院工学修士課程、慶應義塾大学大学院 政策・メディア研究科博士課程修了。博士（政策・メディア）。

開発テーマ「地球規模OS外殻《シェル》の開発と応用」により、2007年、IPA（情報処理推進機構）の未踏ソフトウェア創造事業にて「天才プログラマー／スーパークリエータ」の認定をうける。

2006年から、P2P（peer-to-peer）と信頼性・持続可能性の問題にかかわる国際ワークショップ、DAS-P2Pを主宰している。

みかんが大好物。本書に出てくる果物「サツマ」とは、じつはみかんのこと。

山村浩二（やまむら・こうじ）

1964年生まれ。アニメーション作家。

多彩な技法で多くの短編アニメーションを制作。『頭山』がアニメーション映画祭の最高峰のアヌシー、ザグレブ、広島をはじめ6つのグランプリを受賞、第75回アカデミー賞にノミネートされる。また『カフカ田舎医者』がオタワ、シュトゥットガルト、広島など7つのグランプリを受賞。国際的な受賞は60を超える。

代表作はほかに『カロとピヨブプト』『パクシ』『ジュビリー』『年をとった鰐』など。

ヤマムラアニメーション代表、国際アニメーションフィルム協会日本支部理事、日本アニメーション協会副会長、東京造形大学客員教授、東京藝術大学大学院映像研究科アニメーション専攻教授。

不思議の国のNEO

未来を変えたお金の話

二〇〇九年五月一日　初版印刷
二〇〇九年五月十五日　初版発行

著者✲斉藤賢爾
挿絵✲山村浩二
装幀✲臼井新太郎
キャラクター原案✲松永敦子

発行所✲株式会社太郎次郎社エディタス
東京都文京区本郷四-三-四-三F
郵便番号　一一三-〇〇三三
電話　〇三(三八一五)〇六〇五
http://www.tarojiro.co.jp/
電子メール　tarojiro@tarojiro.co.jp

印刷・製本✲シナノ書籍印刷
定価✲カバーに表示してあります
ISBN978-4-8118-0730-0 C0095